CÉCILE ALIX

A (NI) MAL

Slalom

L'instinct, c'est l'âme à quatre pattes ; la pensée, c'est l'esprit debout.

Victor Hugo, *Tas de pierres*

La foule est la bête élémentaire, dont l'instinct est partout, la pensée nulle part.

André Suarès, *Voici l'Homme*

PREMIÈRE PARTIE

1

Elle me rase le crâne.

Je suis torse nu, les bras repliés en croix sur la poitrine. Une sueur âcre suinte dans mon dos, me brûle et m'écœure. La peur.

— Tu sais pourquoi je fais ça, n'est-ce pas ?

Je sais.

— Tu as enregistré ce que je t'ai expliqué ?

Enregistré. Mais pas accepté.

Elle est déterminée, ses gestes sont précis. Elle effleure ma peau lisse. Une caresse, furtive.

— Voilà. Tu es un homme... murmure-t-elle.

C'est sa voix d'avant. Je relève le menton, brusquement. J'ouvre la bouche pour protester. Son regard me bâillonne.

Elle se détourne, sort des billets d'une pochette et les roule minutieusement entre ses doigts, jusqu'à obtenir trois cylindres réguliers qu'elle glisse dans de petits tubes hermétiques puis dans un sachet en plastique. Je la regarde sans vraiment la voir.

— Prends de l'air.

— Quoi ?

— Avec ton nez, comme si tu allais plonger !

J'inspire.

— Prends-en davantage !

Je gonfle mes poumons.

— Bloque ta respiration.

Je retiens mon souffle.

— Il faut qu'on se dépêche, Ahmed va arriver, je ne veux pas qu'il voie ça.

Elle écarte sans ménagement mes bras de mon torse et place le sachet contre ma peau.

— Tiens-le !

Les joues en feu, je pose mes doigts dessus.

— Ne respire pas, je t'ai dit ! Reprends de l'air et bloque !

J'inspire profondément. Mes côtes s'écartent, se dilatent. Je pince les narines et contracte le ventre.

Elle attrape une bande de tissu, m'en entoure le buste. Quand elle passe sur le sachet, j'écarte ma main. Elle serre étroitement le bandage.

— Il va protéger ta peau... enfin, j'espère.

Sa voix se durcit.

— Je ne veux pas que tu reviennes, tu entends ? On n'a pas fait tous ces sacrifices pour que tu rappliques à la première difficulté ! Maintenant tu te débrouilles, tu en es capable. À quinze ans, on n'est plus un enfant.

— Pars avec moi !

Elle fouille dans son sac, en sort un gros rouleau de Scotch d'emballage.

— C'est trop compliqué, et puis on n'a pas les moyens. C'est ainsi, Dieu l'a voulu. Maintenant, inspire et tais-toi !

— Mais j...

— Bloque l'air, mais bloque l'air, je te dis ! C'est quand même pas compliqué !

Je ferme les yeux pour me concentrer. Je ferme les yeux et j'arrête de respirer.

— Lève les bras !

J'obéis. J'oscille. À peine.

— Tiens-toi droit ! Un homme se tient droit !

Je serre les dents et me redresse. Elle tourne autour de moi. J'entends le gémissement bref et strident du Scotch qu'elle dévide. Il s'agrippe, s'enroule instantanément, adhère à mon corps comme une sangsue vicieuse, une liane asphyxiante. Son cri arrache l'air, brutal.

— Ne respire pas !

— Je vais éclater !

— Si tu ne bloques pas ton souffle, ce sera trop serré, au moindre effort tu étoufferas. Et tu vas devoir en fournir des efforts, crois-moi !

Je prends un maximum d'air, gonfle la poitrine, et je pars, me détache. Un jour, un soldat m'a dit que les alligators du Mississipi pouvaient rester deux heures en apnée, immergés dans le fleuve. Le Mississipi, l'Américain... c'est loin. Combien de vies ai-je vécues depuis ?

Les pulsations de mon cœur ralentissent, je fais le vide. Je ressens chaque millimètre carré de ma peau, chaque pore ouvert sur l'extérieur. *Tu es un alligator,* je me dis, *un alligator du Mississipi. Où est-ce exactement, le Mississipi ? Tu t'en fiches, ne réfléchis pas, si tu réfléchis, tu respires.*

Mes pensées s'estompent, à la manière d'un dessin dans la terre que l'on brouille d'un glissement de semelle. Subsiste une vague empreinte, la trace confuse de ce qui existait. Je m'éloigne encore. Autour de moi, c'est vaseux, jaunâtre, aqueux et tiède, je ne dépends plus d'aucune source d'oxygène. Une enveloppe me protège, filtre tout. Je me fonds dans cette poche, ce ventre.

Ma mère tourne, tourne, vide le contenu du rouleau autour de mon torse. Je sens sa manche me frôler. Je ne l'entends plus de mon Mississipi, mais j'ai conscience de sa présence, je sais qu'elle existe. C'est rassurant. Je flotte.

— Baisse les bras !

Elle a crié. Peut-être a-t-elle répété... une fois, ou deux, ou trois, je ne sais pas. Il y a une note aiguë dans sa voix, à la limite du supportable, une panique qui me ranime.

Je baisse les bras mais ne reviens pas. Elle m'attrape sous les aisselles, me secoue. J'aspire l'air poussiéreux, bouche béante. Je respire comme si c'était la première fois, lève mes paupières de nouveau-né. Il y a ses yeux dans mes yeux, ils sont mon ciel, mon infini, ma douceur éternelle.

Elle s'écarte, appuie ses paumes sur le Scotch, dans mon dos, sur mes côtes, ma poitrine. Elle frotte jusqu'à ce qu'il devienne ma nouvelle peau, masse doucement là où les os sont saillants. Ses cheveux contre mes narines, je respire le souvenir de son parfum à la fleur d'oranger.

— Tu ne sors l'argent que quand tu seras au bout du voyage, pas avant. C'est pour là-bas. Personne ne doit savoir que tu l'as sur toi, personne. C'est clair ?

Ma tête opine. Pas moi.

— Et chaque billet, tu ne le dépenses pas à la légère, tu réfléchis avant.

Son regard m'enrobe d'un mirage velouté.

— Allez, allez... tu es un homme maintenant, insiste-t-elle. Seul un homme pourra affronter ce qui t'attend, tu comprends ?

Non, je ne comprends pas ! Elle est folle, complètement folle ! Ça n'a pas de sens ! Je refuse, je ne veux pas devenir celui qu'elle exige que je sois. Pourquoi me demander ça ? Je veux qu'on reste ensemble, elle avec moi, moi avec elle. Le monde peut s'écrouler, on ne se quitte pas ! Je me révolte à l'intérieur, je hurle au-dedans. Je hurle !

— Fais ce que je te dis, c'est une question de vie ou de mort, tu n'as pas le choix, obéis !

Nos yeux se croisent à nouveau. Plus aucune compassion dans les siens. La rancœur me submerge. C'est ce qu'elle veut ? Me gommer, tirer un trait sur ce que je suis, faire de moi un étranger ? Elle ne peut pas m'imposer ça, je n'en aurai jamais la force, jamais ! Je ne ploierai pas. Le duel est inégal mais cette fois, je tiendrai bon. Je soutiens son regard. Deux miroirs froids me renvoient l'image d'un visage blême surmonté d'un crâne chauve. Je ne me reconnais pas. Je baisse la tête devant mon reflet, mes épaules s'affaissent, je courbe l'échine. Et je capitule.

Elle a gagné. Je vais devenir un homme.

C'est instantané, mon cerveau se conditionne, façonne cet autre qu'elle m'inflige. J'abandonne la lutte. Ça fonctionne de cette manière depuis que nous sommes deux et qu'elle est devenue une étrangère. Elle commande, je résiste. Elle aboie, je m'exécute. Mécaniquement. Sa volonté brise mes résistances, je ne suis pas de taille à me battre. Déjà je m'oublie, je m'efface. *Je suis un homme, je suis un homme...* Déjà je me conjugue, m'accorde et me pense autrement. Me métamorphose, incarne ce nouveau moi qui m'est tellement étranger.

Elle continue, pressée :

— Tu ne dis pas d'où tu viens, tu ne dis pas ton nom, tu oublies ton pays, compris ? Tu m'oublies. Et tous les autres que tu connais, que tu as connus, tous, tu les oublies aussi. Et qui tu es, tu l'oublies. À partir de maintenant, tu n'es personne, tu n'es de nulle part. À toi de redevenir quelqu'un, c'est possible. C'est possible, tu m'entends ? À ton âge, tout est possible.

— Comment je vais f...

Elle éructe :

— Tant que tu n'es pas arrivé, tu te tais ! Tu ne parles plus, c'est clair ?

— Oui, m...

— Silence, j'ai dit !

Ses yeux s'enflamment, me blessent et me consument.

Elle pose deux bidons devant moi. Un petit en plastique et un gros en fer blanc, marqués au nom de Miran. Je déteste ce prénom, je ne m'appelle pas Miran, je ne serai jamais Miran.

— Voilà tes jerricans. L'eau, c'est la vie, ne t'en sépare pas. Quand le petit est vide, tu le remplis avec le gros. Tu n'emportes que ça, tu n'auras besoin de rien d'autre. Tu t'appelles Miran.

Je la regarde en biais.

— L'Europe, c'est ce que ton père voulait.

— Mon père...

— Tais-toi ! Tais-toi, tu entends ?

Qu'elle arrête de crier. Je veux qu'elle arrête son vacarme. Qu'elle chuchote, qu'elle murmure, que je garde en moi un souvenir de soie, une musique, un son doux qui réchauffe et adoucit.

Elle parle fort, trop fort. J'écoute à peine.

— ... ensuite vous prendrez le bateau...

Le bateau ? Une sueur froide coule de nouveau entre mes omoplates, le long de mon cou, perle au-dessus de mes lèvres, sur mon front. C'est dans cet objectif qu'elle m'a entraîné... Tant d'heures à apprendre à nager... tout était calculé pour que j'embarque. Au fond de moi je le savais, mais comment l'admettre ? Comment supporter cette idée ? J'ai la nausée, ça me tord le ventre. Dans ma tête, une nuée de points noirs pulsent et menacent d'imploser. *Tiens le coup, ne t'effondre pas, ne pleure pas, surtout ne pleure pas.* Je résiste au vertige mais l'angoisse m'engloutit. Les mots sortent :

— Tu peux m'obliger à tout, mais pas à ça ! Je ne veux pas finir comme Fares et Tarek !

— Mais tu vas te taire, oui ?

Elle lève la main. D'un geste, je me protège. Son bras retombe, mollement, son regard flanche, puis se reprend. Elle approche son visage du mien, siffle d'une voix sourde :

— Écoute-moi bien. L'Europe, c'est le salut, ton père nous l'a assez répété. Alors tu y vas, tu quittes cet enfer !

Elle reprend son souffle.

— Tu n'as pas le choix, il faut prendre la mer, on ne peut plus passer par la terre. Ce ne sera pas comme pour tes frères, parce que toi, tu sais nager. Tu n'es ni Fares ni Tarek.

— M...

— Stop ! Tu ne risques rien avec Ahmed, il s'occupera de tout. Il va venir te chercher, tout est arrangé, tout est payé pour le voyage, la nourriture, la route, la traversée. Son réseau est sûr, les fils d'Akram sont passés par lui, ils sont en sécurité maintenant.

Qu'en sait-elle ? On n'a aucune nouvelle de personne depuis des mois.

— Ceux pour lesquels Ahmed travaille n'embarquent pas des centaines de passagers comme ça s'est passé pour tes frères. Si son organisation avait existé à l'époque, c'est elle que nous aurions choisie. De toute façon, c'est décidé, tu pars, tu fais ce qu'il t'ordonne et tu ne parles plus. Que Dieu te protège.

Elle attrape son sac.

— Ton père, c'est en France qu'il voulait nous emmener. À Paris, là où il a fait ses études. Tu te souviens comme il en parlait ? Paris, c'est un paradis...

Elle baisse la tête, me tourne le dos, et s'éloigne. Je fixe ses talons, deux galets clairs qui ricochent silencieusement sur les dalles du couloir. De plus en plus lointains, de plus en plus flous, jusqu'à se perdre.

Je lance mes mains vers elle, *embrasse-moi, maman, embrasse-moi !* Je désire ses baisers avec tellement d'intensité qu'elle va m'entendre, revenir et me serrer dans ses bras. *Maman !* Elle ne se retourne pas. Alors mes poings chassent la pluie qui menace. Mes poings crispés sur mes paupières.

J'ai soudain la certitude que je ne la reverrai plus. C'est un désespoir sans fin, une sensation de dernière fois, le commencement d'un deuil. Mon enfance se meurt.

À présent... je suis un homme.

2

Nous sommes dix-neuf. Il y a une fille. Elle presse un sac en plastique bleu contre sa poitrine et tremble de tous ses membres. Elle ressemble à une gazelle traquée et pue l'angoisse, une odeur aigre qui me soulève le cœur. Est-ce que j'empeste le vinaigre, moi aussi ?

Dans le véhicule bringuebalant où nous sommes entassés, elle cherche mon regard. Je fais une sale tête de sale type, je fulmine silencieusement. *Arrête de me fixer, imbécile ! Moi, je suis un homme ! Un homme, tu comprends ? Je n'ai rien à voir avec toi !* Elle continue à me fixer, je le devine. Elle me hérisse, elle, sa foutue trouille et tout ce qu'elle représente. Je voudrais la chasser, l'écraser comme une blatte. Ne pas sentir sa terreur aux longs cils mouillés.

J'enfonce mon bonnet sur ma tête. Je contracte la mâchoire, plisse le front, je fais une barre de mes sourcils et je prends un air farouche. L'air de savoir ce qui m'attend, d'être préparé au voyage. L'air de celui qui a tout vu, tout vécu, qui n'a plus peur de rien, pas même du grand bond vers l'inconnu. Malgré mon visage adolescent et mes joues imberbes, je ressemble aux autres. Enfin, je crois. *Moi aussi, je suis un homme*, je me récite encore. *Je suis un homme, je suis un homme, je suis un homme...* Ces mots résonnent dans mon crâne depuis que ma mère m'a laissé. Je me répète en boucle la phrase gri-gri, litanie pâteuse qui se voudrait ferme, mon sésame pour supporter l'avenir. Mais au fond, je sais que ce que j'espère, c'est me convaincre.

Notre 4x4 ressemble à une énorme grappe, ou plutôt à une tortue pustuleuse. Sur les barres du toit, les voyageurs ont chargé leurs maigres bagages et leurs bidons d'eau que les chauffeurs ont ficelés solidement. Je voulais garder le plus petit de mes jerricans avec moi, mais Ahmed me l'a arraché des mains pour le mettre avec l'autre.

— T'as vu la taille de la bagnole ? On n'emporte rien à l'intérieur, y a pas la place !

Lorsqu'il nous a fait sortir de la cave où nous étions enfermés depuis des heures, j'ai titubé, saoulé par l'air vif de la nuit. La lune refusait de nous voir quitter le pays et fermait son œil de cyclope. En guise d'adieu, elle ne consentait à nous offrir que l'arc imperceptible d'une paupière close. Je l'aurais voulu ronde et lumineuse, comme un phare.

J'ai attendu que les autres entassent leurs ballots, appuyé contre un mur, en me répétant : *Ça y est, tu pars. Pleure pas, allez, pleure pas, t'auras l'air de quoi ? Faut oublier, elle a dit, tout oublier.*

Ahmed nous a gueulé de monter à l'arrière du véhicule. J'étais plongé dans mes pensées, je n'ai pas réagi assez vite. Les autres se sont précipités, j'ai grimpé le dernier et me suis retrouvé plié, tordu, coincé entre un vieux vraiment vieux et la fille.

Les autres s'empilent sur les sièges auréolés de crasse. Il y a des bras, des oreilles, des épaules, des jambes, des narines, des orteils... on ne sait plus où est le haut, le bas, l'envers ou l'endroit. Nous sommes une grosse bête moite aux tentacules mous, à peine humaine.

Ça empeste l'essence et la poussière, l'odeur fauve des corps transpirants. Notre amas s'est tassé, chacun a réussi à caser ses os. Nous tangons au rythme des suspensions, maintenant l'équilibre tant bien que mal quand les roues se précipitent dans une ornière. Les essieux émettent alors des craquements sinistres. *Tout est fini,* je me dis, *cet engin du diable va se disloquer et nous avec.* Mais le 4x4 se redresse et poursuit sa route.

Nous roulons, roulons, roulons, depuis... C'est le jour puis c'est la nuit. On ne boit pas, on ne mange pas, on avance. *Vers là-bas,* je pense.

Un homme devient fou. Il veut pisser, respirer, récupérer son jerrican, sortir de l'étuve. Il hurle :

— Stop, stop ! Arrêtez-vous ! J'ai de l'argent, je vous paierai, arrêtez-vous !

Il s'agite, bouscule l'empilement humain. Les insultes fusent. Il implore, d'une main de noyé il brandit un billet chiffonné contre le grillage qui nous sépare des sièges avant.

— Ta gueule, fils de chienne ! siffle Ahmed sans se retourner.

Nous continuons.

C'est vrai qu'on crève. La faim m'assiège, la soif m'anéantit, mes muscles sont tétanisés. J'enlève tant bien que mal mon bonnet. Il fait une bosse dans ma poche. Prisonnières dans l'habitacle, les mouches surexcitées bourdonnent. Elles se désaltèrent aux commissures de nos lèvres, cherchent la transpiration qui goutte le long de nos côtes, s'agglutinent sur nos paupières, s'abreuvent de l'humidité au coin de nos yeux, et s'obstinent, nerveuses, agressives, malgré les doigts qui les chassent.

À peine un filet d'air de temps en temps, la chaleur est écrasante. La hanche maigre du vieux contre ma jambe, aussi. Je contrains mes yeux à ne plus voir, mes oreilles à ne plus entendre, mon corps à ne plus souffrir. Je sais faire. Des mois et des mois que je m'entraîne. J'aimerais être un souvenir. Un souvenir éternel et doux.

Dans la cour de notre maison, il y avait des volubilis, du chèvrefeuille et un lilas blanc. Un immense lilas sauvage qui poussait devant ma fenêtre. Au printemps, j'aimais couper les belles grappes de fleurs pour en décorer ma chambre. Elles se fanaient vite et, sitôt dans un vase, n'exhalaient plus le moindre parfum. Mon père s'était attristé un jour devant le bouquet défraîchi que je m'apprêtais à jeter.

— Ne cueille plus ces fleurs, m'avait-il conseillé. Laisse-les vivre et mourir là où le vent les a semées. De même qu'aucune rivière ne retourne à sa source, aucune fleur ne revient sur l'arbre d'où elle est tombée.

Il parlait comme ça, mon père. En poète. Et en français. Pour nous apprendre, mais surtout parce que cette langue, c'était celle de son pays de cœur, celle de ses rêves d'adolescent et celle de ses vingt ans.

Je n'ai plus jamais coupé de branche fleurie. Au fil des années, l'arbre s'épanouissait, vif et parfumé dans l'encadrement de la fenêtre. On aurait dit un tableau vivant. Parfois, le soir, l'ombre d'une fleur de lilas se posait sur mes genoux.

Pourrais-je survivre loin des miens, loin de ceux qui m'ont aimé ? Ou, comme la branche de lilas blanc, vais-je m'étioler et mourir parce qu'on m'a arraché à la terre où je suis né ? « Tu pars. C'est le moment », m'a dit ma mère. Elle était sûre d'elle. Persuadée que j'allais vivre.

Nous quittons la piste. Je le sens à la soudaine inclinaison des corps, on a viré à droite. Un coup de frein brutal nous précipite vers l'avant. Je m'affale sur le vieux. L'éclat de son regard bleu me transperce. Je baisse les yeux puis me redresse en réajustant mes vêtements.

Nous sortons du 4x4, étourdis, jambes coupées, ruisselants. Je retrouve mes bidons et m'efforce de boire lentement. « L'assoiffé qui se désaltère trop goulûment sentira son ventre se tordre et se videra de son impatience », déclarait ma grand-mère quand nous nous jetions sur les carafes d'eau fraîche en rentrant de l'école.

Il y a un puits. Nous faisons la queue longtemps pour remplir nos jerricans. L'eau est à plus de dix mètres de profondeur.

Ahmed me donne à manger. J'avais peur qu'il trahisse la confiance de ma mère et oublie de me nourrir. Nous sommes de la même famille, lointaine, mais la même, c'est peut-être pour cette raison qu'il respecte le contrat. Sans un mot, il jette un sachet à mes pieds : trois figues, un paquet de dattes, deux boîtes de sardines et des biscuits secs. Certains sortent des galettes et des pains de sucre de leurs bagages, des amandes, des conserves. Ils allument des foyers de fortune, font chauffer l'eau pour le thé ou le lait en poudre. Je mange, les yeux dans le vague.

— Lâche-moiiiiiii !

La fille piaille. Je sursaute. L'un des chauffeurs l'entraîne en la tirant par le bras. Elle résiste tel un petit âne têtu, même si elle sait qu'elle n'a aucune chance. Lui, c'est une brute épaisse et musculeuse, elle une brindille. Ils disparaissent derrière les broussailles d'une petite butte. Sa voix s'affole, glapit, gémit, puis son cri s'étrangle. Nous nous tassons, nos oreilles captent les sons, mais les rejettent aussitôt. Nous devenons sourds et aveugles, nous sommes seuls et emmurés. Nous mastiquons, attentifs aux mouvements de nos mâchoires. La fille s'est tue. Alors nous l'oublions.

Je m'éloigne du côté opposé à la butte pour me glisser furtivement dans les fourrés. J'ai la vessie pleine.

Déjà il nous faut remonter dans le 4x4. Cette fois je ne grimpe pas le dernier mais je me retrouve exactement à la même place, coincé, plié, le cou cassé, entre le vieux et un autre. La fille n'est plus là. Le chauffeur est revenu seul de derrière la butte en remontant la braguette de son pantalon. Il a ramassé le sac en plastique tombé dans le sable. J'ai regardé le sac, le bas-ventre du type, le sac, le sac, le sac. Bleu. Mes baskets.

Broyé. Je suis broyé. Quelle force, quel courage déployer quand les valeurs les plus fondamentales de l'existence sont souillées ? Quand on se sent à peine humain à force d'être humilié et que toute révolte est un risque. Que faire sinon se taire ?

Je voudrais sentir autour de moi les bras de ma mère.

« À quinze ans, on n'est plus un enfant. »

Je peux faire semblant d'être cet autre qui n'est pas moi, je peux résister pour ne pas tomber en poussière, me disperser et devenir un néant. Mais si pour me transformer en homme, je dois me passer du souvenir de ma mère, je n'y arriverai pas. Elle est l'aiguille qui guide mon fil, la main qui pétrit ma pâte, la craie qui trace mon chemin. Elle est l'inspiration sans laquelle aucune existence ne m'est possible.

Même à cent ans je serai encore l'enfant de ma mère, même à mille ans. Éternellement.

3

Nous continuons sur les pistes. Chaque jour est un combat. Ce voyage est notre guerre, nous le savions en fuyant. *Inch'Allah...*

La terre brune succède à la terre grise, la rouge à la brune, la jaune à la rouge... La neige remplace le sable, puis le sable la neige... Montagnes, désert... désert, montagnes, frontière... Les paysages se fragmentent et se désagrègent dans l'air halluciné.

On dit des hommes qu'ils sont fiers et courageux. Mais à quatre pattes dans la poussière, ma fierté se dissout. Et lorsque je rampe devant ceux qui nous tyrannisent, où puiser le courage ? Je ne suis plus qu'une bête fourbue, animée par un stupide instinct de survie. J'ai peur de ce que je suis en train de devenir.

Désert, montagnes... montagnes, désert... Nulle âme qui vive, hormis quelques silhouettes lointaines aperçues lors des haltes, mais tellement ténues à l'horizon que je ne sais si elles sont mirage ou réalité, animales, minérales, végétales ou humaines.

Quand la piste qui grimpe à l'assaut d'une énième falaise est trop étroite et escarpée, les roues patinent. Il faut alors marcher, suivre le véhicule dans les bourrasques glacées ou dans l'air en fusion. Souvent, un pneu crève, une pièce rend l'âme, et les chauffeurs passent des heures à réparer en jurant. La nuit, nous grelottons repliés en fœtus les uns contre les autres, le jour, nous somnolons sous le soleil impitoyable, avachis à l'ombre du véhicule ou étendus dessous, entre les trois roues valides, à nos risques et périls.

« Oublie. »

J'essaie, maman... j'essaie.

Nous changeons plusieurs fois de moyen de transport. Tantôt nous nous agglutinons dans une remorque, tantôt nous grillons au fond d'une benne ouverte sur le four du ciel.

Un matin, c'est dans un pickup branlant qu'il va falloir nous superposer. Je masse mon corps endolori et contemple d'un œil découragé l'espace réduit qui nous attend.

— Avant de monter, enterrez vos jerricans ! aboie Ahmed, en désignant le pied d'un acacia maigre.

— Pourquoi ? s'étonne un homme.

— Pas de place pour les transporter, trop lourds, marmonne Ahmed. Vous plaignez pas, on vous laisse vos sacs.

— Non, pas question ! On garde les bidons aussi !

— On les vide, si tu veux !

— Oui, oui, on les vide jusqu'au prochain puits !

— Jusqu'au prochain camion !

— Ils ne pèseront plus rien !

— On les garde !

— Ça va tenir, on se tassera !

Les hommes protestent en serrant leurs jerricans contre leur torse. Je les imite.

— Vous voulez pas les enterrer ? gueule Ahmed.

— Non, on ne veut pas. Vous ne pouvez pas nous obliger à faire ça.

Celui qui a parlé s'avance d'un pas, le regard assuré, le dos droit.

D'un mouvement du menton, Ahmed fait signe aux chauffeurs. Ils se jettent sur lui, le mettent à terre et le tabassent. Il se recroqueville en gémissant. Très vite, le sang macule ses vêtements. Alors ils le traînent jusqu'à l'arbre et lui balancent son bidon. Sans un mot, l'homme se met frénétiquement à creuser.

— Vous décidez quoi ? nous défie Ahmed.

Nous obéissons. Nous creusons aussi.

« L'eau, c'est la vie. » Nous enterrons nos vies et ceux qui nous malmènent deviennent plus que jamais nos maîtres. Indifférent, Ahmed fume un peu plus loin en plaisantant avec les chauffeurs.

— Ces salopards vont les revendre, c'est sûr. Sans eau, ils nous tiennent ! maugrée un homme.

— Tais-toi ! chuchote son voisin. Tu veux qu'ils te crèvent ?

J'entends ma mère : « C'est ainsi, Dieu l'a voulu ».

Je crois que Dieu s'en moque éperdument, qu'il ne veut rien et qu'il n'est pas là. Cette pensée m'affole, et l'idée même de l'avoir eue me plonge dans un état de stupeur.

Désormais, on nous abreuve à heures fixes. De plus en plus espacées. *Comme des bestiaux d'élevage,* je me dis quelques jours plus tard, alors que nous roulons parqués dans une bétaillère, accroupis derrière le cul des brebis efflanquées, assaillis par les mouches et les taons.

Nous ne nous révoltons pas. À quoi bon ?

Lorsqu'on nous ordonne de nous hisser dans la citerne d'un camion, nous y grimpons. Quelques trous ont été percés dans ce cercueil d'acier brûlé par le soleil. Nous y restons plusieurs dizaines de kilomètres, à demi asphyxiés par nos propres respirations. Mes compagnons boivent leur urine. Moi, je ne peux pas. Je me dessèche, mes lèvres deviennent les crevasses du lit d'un fleuve disparu, ma langue se fait lourde et épaisse, ma peau se craquelle. On nous libère enfin à proximité d'un puits. C'est à peine si nous trouvons la force de nous traîner jusqu'à la margelle, puis de manœuvrer les poulies pour faire monter le seau et y plonger nos bouches avides.

La nourriture s'épuise. Les sacs ont la panse vide, les hommes aussi. Ahmed et les chauffeurs avaient prévu leur coup, ils vendent des provisions et des bouteilles d'eau. Ils les sortent des cantines en fer qui ont remplacé nos jerricans sur les toits ou dans les coffres des véhicules. Ceux qui n'ont pas assez d'argent, ou préfèrent le garder pour plus tard, donnent leurs vêtements, leurs couteaux, leurs chaussures, leurs gamelles, tout ce qui peut se troquer et se revendre. Les plus démunis mâchent le tabac de leurs cigarettes.

Ahmed ne se soucie plus de moi, je suis affamé. Un soir où les crampes dans mon ventre deviennent insupportables, je m'approche de lui et le supplie :

— S'il te plaît, Ahmed, donne-moi quelque chose à manger.

Je mendie d'une voix que je ne reconnais pas. Je n'ai pas prononcé une parole depuis mon départ.

— Va te faire foutre ! rétorque-t-il, agacé.

Il agite une main pour me chasser.

— S'il te plaît... ma mère a payé cher pour le voyage et pour ma nourriture.

— Tu me lâches, oui ?

Il me balance une claque qui m'explose les lèvres et m'envoie valdinguer un mètre plus loin.

Un geyser de sang envahit ma bouche. Un goût de métal. Une coulée épaisse dégouline le long de mon menton. Tout en moi se fige. La haine me remplit brutalement, froide, dure, féroce. Une haine d'acier. Je deviens un reptile prêt à mordre. Il pourrait me tuer, je serais encore une menace, capable de refermer mes crocs sur sa gorge. J'ai faim. Tellement faim que je n'ai plus peur.

Je siffle entre mes dents :

— Si tu ne respectes pas ton engagement, ma mère l'apprendra et le dira à mon cousin Sofian. Tu seras déshonoré, la famille te maudira, on ne croira plus en ta parole !

Il me dévisage, stupéfait de mon audace. Puis ses paupières se plissent jusqu'à devenir deux fentes animées d'une lueur perfide. Je m'apprête à parer le prochain coup, mais il éclate de rire.

— Ta mère ? s'esclaffe-t-il. Tu veux te plaindre à maman ? Je me demande bien comment !

— Beaucoup d'hommes ont des téléphones. J'en emprunterai un et je lui raconterai comment tu me traites !

Ahmed se lève, plonge une main dans sa poche, en retire un sachet de biscuits, et me le jette en crachant :

— Allez, bouffe et tais-toi ! Ta hyène de mère, tu ne risques pas de l'appeler, tu veux que je te dise pourquoi ?

Son ton m'inquiète, je n'ai soudain plus la moindre envie de l'entendre. Mais il poursuit :

— Parce qu'elle est morte, crevée !

Je me fige. Une nuée de flèches me transperce.

— C'est de sa faute, elle était complètement fêlée ! Ils l'ont mise en garde, ils lui ont même envoyé un baril pour qu'elle arrête d'ouvrir l'école, elle t'a pas dit ? Il a failli lui exploser à la gueule ! Mais ça lui a pas servi de leçon, elle s'est obstinée à pourrir le crâne de tout le monde avec ses idées à la con. Apprendre pour devenir libre, qu'elle disait. La liberté, elle n'avait que ce mot à la bouche !

Ahmed me secoue, les lèvres écumantes, le regard fou. *Morte morte morte morte. Maman est morte,* je me répète pendant qu'il continue, ivre de rage :

— Elle avait rien compris, ta mère, elle parlait comme les Occidentaux ! Ils ont que la liberté et les droits de l'homme à la bouche, ces chiens ! Attends d'arriver chez eux, tu verras comment ils te traiteront. Ils nous donnent des leçons, mais ils en ont rien à foutre qu'on crève. Ce qui les intéresse c'est leurs intérêts, rien d'autre, on est que des pions ! Y a pas de place pour la liberté dans ce merdier.

Morte.

J'implose. Mes propres débris envahissent ma tête, mon ventre, le moindre de mes organes, paralysent mes membres.

Morte.

— Ta mère, elle cherchait les problèmes, elle a eu ce qu'elle méritait ! Ils l'ont embarquée le matin où je suis venu te chercher. Même pas deux heures après. Cette salope a foutu toute la famille dans la merde ! Heureusement que je suis là et que j'ai des relations pour les tirer de ce bordel, parce que ton Sofian, il fait pas le malin à l'heure qu'il est.

Il se penche sur moi, une lueur vicieuse dans les yeux.

— Tu veux que je te raconte comment ils l'ont terminée, cette conne ?

— Ça ira, Ahmed, pas la peine, dit le vieux. Le petit ne te causera plus d'ennui.

Il me fait assoir et s'accroupit à mes côtés. Puis il ouvre le paquet de biscuits, m'en tend un et je mange. Parce que mon ventre guide mes mains vers ma bouche et que dans ma tête, c'est vide.

Ahmed me lance un regard lourd de menaces.

— Rien ne m'obligeait à t'emmener ! Ta mère est morte avant qu'on parte. Je l'ai fait par devoir, par respect pour tes cousins. Alors si tu veux pas qu'il t'arrive les mêmes emmerdes, vaudrait mieux que tu continues à la fermer.

— Il ne va plus rien dire, assure le vieux.

Ahmed crache à mes pieds avant de s'éloigner.

— Il ment ! je siffle entre mes dents. Elle n'est pas morte, ma mère. Si elle était morte, je l'aurais senti. Il ment.

— Oui, il ment, acquiesce le vieux.

Il m'offre un autre biscuit. Je retombe dans mon mutisme.

Désert.

Montagnes.

Désert.

Ahmed ne m'oublie plus. Il me balance la nourriture en marmonnant des vulgarités. Il sait que je ne le crois pas. Saleté de menteur ! Je le hais.

Deux d'entre nous meurent. Le premier de fièvre, le second de faim ou de soif, ou des deux... Nous les enterrons à la hâte.

— C'est ainsi, prions Dieu pour qu'il nous garde en vie, I*nch'Allah*...

J'écoute celui qui parle, j'observe les autres qui dodelinent de la tête, fatalistes. Je n'arrive plus à prier.

— Quarante et un jours.

C'est ce qu'annonce l'un des hommes qui a tenu le compte du temps. Quarante. Et un jour.

Derrière nous, le vent soulève le sable, fait rouler les pierres, efface nos traces et recouvre les reliefs de nos maigres repas. Rien ne reste, rien ne nous garde en mémoire. Nous voyageons clandestinement, nous sommes des éphémères.

Le vieux n'est jamais loin. Je ne lui parle pas, il ne me parle pas. Mais on ne se quitte plus.

4

Encore un fourgon déglingué. Les heures s'écoulent, longues et nauséeuses. Ahmed est assis à côté des nouveaux chauffeurs. Toujours le même genre de types gras et vulgaires. Ils me dégoûtent.

À leurs pieds, il y a six jerricans d'eau que je fixe depuis des kilomètres, me demandant combien de temps je tiendrai sans bondir, mordre, labourer, égorger au besoin celui qui se dressera devant eux, pour ensuite m'abreuver jusqu'à plus soif. La bête se ranime en moi, elle m'est devenue familière et surgit de plus en plus souvent. Ma salive prend alors un goût amer, me pique la langue, aiguise mes dents.

A-t-il inconsciemment senti le danger ? Ahmed remplit deux bouteilles. La lunette arrière de la cabine est brisée, il les tend aux premiers qui les attrapent.

— Vous partagez ! jappe-t-il. Y en aura pas d'autres !

Mon regard agrippe la bouteille la plus proche, ma hargne disparaît.

Trois litres pour seize. Les hommes s'énervent, chacun veut boire le premier. Je ne dis rien, le vieux non plus, nous sommes la minorité.

À l'avant, Ahmed ouvre une glacière branchée sur l'allume-cigare qui, étonnamment, fonctionne. Il en sort des cannettes, en offre deux aux chauffeurs, décapsule la sienne.

Pschhhhhhhhhh ! chante-t-elle.

Son rire de fontaine me rafraîchit, je suis désaltéré par un bruit.

Le ton monte tandis que les bouteilles se vident. Ceux qui n'ont pas encore bu protestent. Le vieux et moi regardons ailleurs. Le vent agite la toile jaunâtre qui nous recouvre. Elle claque en cadence, menace de s'envoler pour de bon.

— Vous allez la boucler, bande de bâtards ? hurle celui qui conduit.

Plus un bruit. Silence instantané. Même la bâche se tait.

Ils sont trois, je me dis, *et nous, nous sommes presque six fois plus nombreux. Ils boivent du Coca glacé alors que nous mourrons de soif. Ils boivent et ils rotent. Ils nous ordonnent de nous taire et personne ne souffle mot. Sommes-nous encore humains ? Et eux ?*

« Chut... tu réfléchis trop », murmure la voix de ma mère.

Ce n'est pas la première fois que je l'entends. J'ignore si je dois m'en inquiéter ou en être rassuré.

Lorsque je récupère enfin l'une des bouteilles, elle ne pèse plus que le poids du plastique et d'une gorgée d'eau. Je la tends au vieux. Il humecte sa langue et me la rend. Les gouttes tièdes s'évaporent avant d'avoir atteint le fond de ma gorge.

« Paris, c'est le paradis. » On ne condamne pas quelqu'un à l'enfer au nom du paradis.

Nous roulons. Des heures et des heures et des heures. Les tas de pierres succèdent aux tas de pierres, la nuit tombe. Encastré entre les tentacules de la bête à seize têtes, je dors les yeux ouverts.

5

Un fin ruban s'étire sur la ligne d'horizon, comme dessiné au pastel tendre. Il s'épaissit, s'anime, éclaire la terre d'une lueur rose.

Ici commence la route, celle qui conduit aux villes et aux ports. J'ai entendu mes compagnons en parler entre eux : « Les pistes, chaque chauffeur les suit comme il veut. S'il le souhaite, il peut en créer de nouvelles. Il se joue des frontières, se faufile entre les postes de contrôle comme entre les algues d'une rivière. Mais la route, l'officielle, les passeurs ne l'aiment pas parce qu'il faut avancer à découvert ».

— Ahmed et les deux autres risquent gros, la milice installe des barrages un peu partout, ça va les rendre nerveux. Ne te fais pas remarquer.

C'est la deuxième fois que le vieux m'adresse la parole. Il s'exprime dans un souffle, en regardant droit devant lui.

Le fourgon sort de la route au moment où le soleil surgit et s'arrête une dizaine de kilomètres plus loin, à proximité d'un bosquet d'épineux.

— Grouillez-vous ! lance Ahmed en nous pressant de descendre.

Mes jambes ne me portent plus. Je m'écroule sur les cailloux tandis que les autres déchargent leurs sacs.

— Planquez-vous dans les buissons, ordonne Ahmed. Nous, on a fini, nos collègues vont venir vous chercher.

— Quand ? demande un homme.

— Quand ce sera possible.

— Et on mange quoi ? On boit quoi ? On n'a plus rien ! s'inquiète un autre.

Ahmed décharge les jerricans.

— Pour la bouffe, on va vous en apporter. Restez tranquilles et attendez.

L'homme supplie :

— Vends-moi à manger, je peux te payer !

— La ferme ! On n'a plus de réserves, les gars du réseau vont venir.

— Quand ? Quand vont-ils arriver ?

— Je sais pas, bientôt, je te dis !

L'homme s'agrippe à Ahmed. La sueur dégouline en rigoles grises sur son front, le long de son nez et autour de ses lèvres exsangues. Il y a de la folie dans ses yeux.

Ahmed se dégage :

— Tu me touches pas, toi !

Il remonte dans le fourgon.

— Je t'ai tout donné, tout ce que je possédais ! insiste l'homme. C'est pas pour crever de faim dans un buisson !

Il s'entête, se cramponne au rétroviseur. Il ne lâchera pas. Il n'en peut plus d'être traité comme une mule. Il est épuisé, il a faim, il a soif, il a payé !

Quelques voix s'élèvent, protestent, elles aussi, laissent enfin fuser la rancœur, la fatigue et la souffrance. L'orage couve dans le corps et l'esprit des hommes.

Il y a un bruit sec. À peine audible dans l'air brûlant. L'homme glisse au ralenti. Il s'affaisse dans la poussière, le visage tourné vers nous. Dans ses prunelles fixes, la vie s'est éteinte, aucun cillement ne vient la ranimer. Je bondis sur mes pieds, le regard rivé à celui du cadavre. Les hommes se rassemblent instinctivement, se collent les uns aux autres dans un murmure vite étouffé. Le chauffeur qui a tiré range l'arme sous son siège. Son collègue se redresse, pose les mains sur le volant, soupire. Son visage se crispe, il émet un long pet gras et tous ses traits se détendent. Il bâille bruyamment puis tourne la clé de contact. La portière d'Ahmed claque plus fort que la détonation. Le camion s'éloigne en crachotant et notre groupe silencieux le regarde disparaître. Les épaules s'affaissent, les colonnes vertébrales s'avachissent, les oreilles et les mentons s'allongent. Nous ressemblons à un troupeau de moutons minéralisés.

Sur la poitrine de l'homme à terre, une étoile rouge. En pleurs. Ses larmes sont bues par le sable.

En moi couve un cri. Une immense clameur qui cherche à jaillir. Je serre les poings. Mes ongles s'enfoncent dans mes paumes. J'ai des griffes et personne à griffer, l'envie de mordre et personne à mordre. Tout mon être est en guerre, empli de vaisselle brisée, de meubles retournés, de vitres explosées, de corps déchiquetés et de hurlements, de plaintes, de râles, d'un chahut insupportable. Mais le cri reste bloqué et mes lèvres closes.

Déjà une mouche se pose sur le nez du cadavre, pénètre dans une narine. Ma vue se brouille, mes jambes se dérobent, la terreur me broie les tripes.

On appuie sur mes épaules et on me tire en arrière pour m'entraîner vers les buissons d'épines. C'est le vieux. Il détache mon blouson de ma taille et m'enveloppe dedans. Il m'allonge, effleure mon front de sa main noueuse.

— Oublie, petit, dit-il.

La voix de ma mère. J'entends la voix de ma mère qui m'ordonne elle aussi d'oublier. Et je comprends pourquoi personne ne s'est indigné quand on a laissé la fille dans le désert, quand on nous a forcés à abandonner nos bidons, quand on nous a enfermés dans la citerne, et quand ces trois salauds ont bu tout leur saoul hier. Eux, ils ont un nom, un pays, un business. Une arme et le pouvoir de donner la mort. Ils sont quelqu'un. Nous ? Nous nous renions. Plus de nom, plus de papiers, plus de patrie. Sans identité, nous ne sommes personne. Nous nous oublions.

Je suis un homme, je suis un homme. Je suis un homme, je suis un homme, je suis un homme... je suis un homme... un homme... Litanie.

Le soleil se lève dans l'air immobile, je plonge dans le sommeil... « Oublie, petit. »

6

Je me réveille et je mets longtemps à comprendre où je suis. De lui-même, mon corps rétablit le lien avec la réalité. Crampes dans l'estomac. Faim. Gorge en feu, jet de salive. Soif. À mes côtés, le vieux se livre à une étrange gymnastique avec sa langue. Il la roule, la sort entre ses lèvres arrondies et inspire lentement avec la bouche. Ça produit un bruit de succion répugnant.

De nouveau, la voix de ma mère vibre derrière mon front. Son écho résonne à l'infini dans la grotte de mon esprit : « Prends l'air. Bloque. Si tu ne bloques pas, ce sera trop serré et au moindre effort tu étoufferas ».

J'étouffe. La peau me démange autour du Scotch, sous le Scotch, et même là où il n'y a pas de Scotch, c'est insupportable ! Je frotte. J'y mets les ongles et toute mon énergie. Ça produit un son de plastique froissé, je tousse pour couvrir le bruit.

Le vieux se tourne vers moi :

— Si tu grattes, ça va être pire. Ça va saigner et s'infecter. Tu ne dois pas y toucher. N'y pense plus.

Le vieux sait. Comment sait-il ? C'est parce qu'il est vieux, sans doute. C'est parce qu'il est vieux...

Il ne me laisse pas le temps de réfléchir :

— Fais comme moi, laisse passer l'air sur ta langue enroulée, tu auras l'impression de boire la rosée avec une paille.

Je m'exécute et j'ai moins soif.

Nous nous abritons comme nous le pouvons dans l'ombre rachitique des buissons. Un vautour se promène. De la viande sur pattes... Un type tente de l'abattre à coups de pierres. L'oiseau dédaigneux nous examine. Sa tête dépasse de son collier de fourrure blanche, laide et provocante. Le jet de cailloux se fait plus précis. Le gibier s'écarte en sautillant et se décide à prendre son envol pour se poser plus loin.

Le soleil perce, pique, nous perfore de ses dards. Je sors mon bonnet de ma poche pour le visser sur ma tête et l'ouragan qu'elle contient. Le vent se lève. Bientôt nous sommes des hommes de terre, des statues de poussière. Plus rien ne nous distingue du paysage, pas même la lumière dans nos yeux. Nos yeux secs et durs, nos yeux comme des pierres dans leurs orbites. On dit que l'eau creuse la roche et que le vent la ronge. Pas d'eau, plus de larmes. Je me fiche du vent, il n'y a plus grand chose à ronger en moi. On s'abîme vite.

Je suis un homme, je suis un homme, je suis un homme, je me répète. Parce que je me sens devenir animal.

Le vieux somnole. Je me lève. Le reste du groupe n'est pas loin, le mort n'est plus là. Un monticule de caillasses s'élève à une centaine de mètres sur la gauche. J'ignore si c'est lui dessous ou s'il s'agit d'un entassement naturel. Peu importe... Je me retiens depuis trop longtemps, je ne suis plus qu'une vessie et des intestins pleins. Je me soulage derrière la tombe.

La pantomime des mirages transforme le sol en une vaste étendue d'eau miroitante. Les flaques ondulent et se déforment. Plus l'air devient chaud, plus cette mer artificielle s'agrandit. Nous qui survivons dans le seul but d'atteindre la fameuse Méditerranée, nous sommes sur une île. Déjà naufragés.

Un homme monte la garde à côté des jerricans.

— Si tu veux boire, il faut payer.

Il me fixe d'un regard perçant, esquisse un sourire et dévoile un petit couteau dissimulé entre les plis de sa tunique.

« N'insiste pas, ce n'est pas le genre de type à s'apitoyer », me conseille ma mère. Je ne sursaute plus en entendant sa voix, je l'écoute et tends l'un de mes lacets à l'homme.

— Ça ira, dit-il en le glissant dans sa poche.

Je ne possède pas de gobelet, aucun récipient, il verse l'eau directement dans ma basket. Si je la soulève, elle se videra. Je me mets à quatre pattes et lape, en évitant de toucher la semelle avec ma langue. Puis j'oublie la semelle. L'eau a un goût acidulé. Je vais chercher le vieux tandis que l'homme au couteau surveille ma chaussure. Le vieux boit comme un chien, lui aussi.

Deux jours. Lune froide, soleil de plomb. Je n'ai plus de lacets, plus de chaussettes, plus de ceinture. De toute façon, il n'y a plus d'eau dans les bidons. Avec des bâtons, nous creusons le sol dans l'espoir de trouver des insectes. « C'est plein de protéines », a dit le vieux.

Nous ne trouvons pas d'insectes.

Un homme se frappe la poitrine. Il hurle :

— Ces salauds nous ont abandonnés, j'vous le dis, on va tous crever !

Il pleure et se lamente. Un autre prie à voix haute. Alors je fais comme le vieux, je m'asperge de terre pour me protéger de la chaleur et du froid, me couche sur le côté, ne pense plus. Et j'attends.

7

Un voile immaculé ondule. Yeux écarquillés, je ne distingue rien d'autre que cette brume au lent mouvement aérien, absolument blanche. Je me sens faible, tellement faible... Vide abrutissant du ventre et du cerveau. Un tourment morne, continu. Je voudrais effleurer cette texture flottante, y plonger mes doigts. Je n'en ai pas la force. J'aimerais me raccrocher à quelque chose, mais à quoi ? Je vis encore tout en n'existant plus. Ça doit être ça, la mort. Je chute et m'enfonce dans ce tourbillon qui m'aspire, tranquillement, presque tendrement.

Un nuage jaune enfle, stoppe net ma descente. Il se rapproche, envahit l'espace, énorme, assourdissant, trop bruyant pour un mirage.

— La milice !

Les hommes se fondent dans le décor. L'alerte me tire de ma torpeur, je me ramasse sur moi-même. Tête entre les coudes, bras et jambes repliés, je m'enroule, hérisson dans les épines de mon buisson.

Ce n'est pas la milice, mais un gros véhicule kaki. Les collègues d'Ahmed. La Jeep tire une remorque. Dans la remorque, un bateau. Sous le bateau, une vingtaine d'hommes. Noirs, étendus les uns contre les autres, emboîtés tête-bêche pour gagner de la place. Ils viennent grossir nos rangs.

Ils sont exténués, décharnés, couverts de croûtes, puent l'urine et la diarrhée.

— Dysenterie, souffle le vieux.

L'un d'eux écorche frénétiquement ses épaules et ses membres couverts de plaies purulentes.

— La gale... t'approche pas d'eux.

Nous déchargeons le bateau qui n'est pas un bateau mais une coque en bois fissurée à la peinture bleue écaillée. Les passeurs nous laissent trois caisses à outils. Des clous, des planchettes, du mastic et du goudron. Nous avons deux jours pour la réparer et lui permettre de flotter, ils reviendront nous chercher avec le moteur. C'est là-dedans que nous gagnerons l'Italie.

L'Italie... enfin un nom. Le nom d'un pays. Libre, maman... libre.

Ils nous donnent encore de petits cartons de victuailles et des jerricans d'eau, puis ils repartent. Dans les cartons qu'ouvre l'homme au couteau, il y a des sardines à l'huile et des galettes de pain. Nous possédons plus de maillets que de nourriture.

Je m'assois, exténué, perdu dans mes pensées. L'égalité n'existe pas. Nulle part. Ni en l'homme ni dans la nature. « Que le plus fort gagne ! », voilà la loi universelle. Partout règnent domination et soumission, puissance et dépendance. Dans tout groupe, même le plus insignifiant, il y a un chef, quelqu'un qui fixe les règles. Ça ne tient à rien, il lui suffit d'un moyen de pression.

Parce qu'il a un couteau, l'homme au couteau devient le responsable de nos denrées alimentaires. De son bon vouloir dépendra le remplissage de nos ventres vides. Personne ne conteste son autorité, pas même les nouveaux qui, de toute façon, sont trop inertes pour protester.

Je me dis qu'avec l'un des marteaux, je pourrais lui briser les os, lui défoncer le crâne. Ce serait facile de l'attaquer dans son sommeil, de lui pulvériser les membres. Ensuite, je m'emparerais de son couteau et je deviendrais le chef.

Je l'avais mal jugé. S'il a fait payer l'eau au début, c'était pour affirmer son pouvoir et gagner sa place. Il distribue équitablement les vivres. Deux poissons et deux galettes par personne et par jour.

Avec le vieux, nous décidons d'attendre le soir pour manger nos sardines. Nous trempons le pain dans l'huile et nous mastiquons lentement.

— C'est plus facile de travailler en pleine fournaise quand tu sais que tu vas pouvoir te mettre quelque chose dans l'estomac ensuite, dit le vieux. Manger, ce sera ta récompense.

Je suis ses conseils, il m'enseigne la survie.

Nous nous méfions des nouveaux et ils se méfient de nous. Les deux bandes s'épient. Hérissées. Harassées. Boules de nerfs contre pelotes d'aiguilles. Nous nous défions du regard. Notre groupe ne supporte pas l'autre, il le trouve illégitime. Premier arrivé, premier servi ! Je suis d'accord. Ceux-là vont prendre de la place, peser leur poids, nous filer leurs sales maladies, ajouter un danger à la traversée. Comme si la situation n'était déjà pas assez désespérée ! Ils ont des têtes de morts-vivants, on n'en veut pas ! Qu'est-ce qu'ils viennent foutre là ?

Nous finissons par nous regrouper autour de l'embarcation pour la rafistoler. Seuls les malades restent étendus dans la poussière. Ce n'est pas une coque mais une passoire. Sauf qu'une passoire est conçue pour égoutter et que celle-ci va nous couler.

Nous scions et clouons les planchettes, nous colmatons avec de la terre, du tissu, des brindilles, tout ce que nous trouvons, en terminant par le mastic. Enfin, nous posons une épaisse couche de goudron pour isoler. L'odeur est aussi lourde et écœurante que l'atmosphère, nos doigts aussi poisseux. Demain, nous enduirons une seconde fois.

— Bravo ! s'exclame l'homme au couteau en essuyant son front ruisselant de sueur. Il est beau !

Nous contemplons notre ouvrage, les mains sur les hanches, en bombant le torse, comme si nous avions transformé un radeau en yacht de luxe. Le travail a rapproché les hommes, ils se parlent dans un mélange d'arabe, de français et d'anglais. Ils se racontent leurs déboires, leurs morts et les familles qu'ils ont laissées, qui attendent tout d'eux et qu'il ne faudra pas décevoir ; cette énorme responsabilité qui les pousse à endurer l'impensable, à ne plus distinguer le supportable de l'insupportable. Ils encaissent les souffrances et entretiennent leur volonté en rendant grâce au dieu qui leur a permis d'arriver jusqu'ici. Puis ils s'échauffent quand ils en viennent à parler des passeurs. Ils les insultent, les maudissent, disent qu'ils sont pires que le diable, qu'ils les obligent à vivre l'enfer sur terre. Ils imaginent des vengeances, profèrent des obscénités, et gloussent en se poussant du coude. Enfin ils se calment et se taisent un moment, le regard perdu très loin... Derrière eux ? Devant ?

Lorsqu'ils reprennent leur conversation, ils se confient sobrement, évoquent le frère, l'oncle, l'ami qui les attend en France, en Belgique, en Allemagne ou en Angleterre. Au Canada. En Suède. Ils rêvent à ce qu'ils feront quand ils seront arrivés, à l'argent qu'ils gagneront en travaillant dur et qu'ils pourront envoyer chez eux. À la vie loin de la misère ou de la guerre. Ils n'osent y croire. Ils pensent aux enfants qui ne pleureront plus le ventre vide et qu'ils feront bientôt venir dans le merveilleux pays en paix. Les fils étudieront et les filles... les filles pourront faire un bon mariage. L'honneur... ils retrouveront leur honneur avec l'amour des leurs. Déjà, ils vivent ces retrouvailles, ils rient ! Et leur rire dans ce désert est une rivière d'eau claire.

Moi, je continue à me taire. On m'appelle « le muet ».

Les deux groupes d'hommes étaient déjà liés avant, ils appartenaient à la même fratrie. Celle des rebelles qui refusent une lente agonie, celle des obstinés qui se ruinent pour embarquer clandestinement dans des coquilles poreuses sans savoir nager. Des frères d'expédition, tous solidaires. Le visage de l'autre, celui qu'ils trouvaient effroyable il y a quelques heures, ils s'aperçoivent qu'il ressemble au leur. Ses douleurs sont leurs douleurs.

Moi, je ne suis pas comme eux, je n'ai pas souhaité ce voyage. Je voulais rester avec ma mère. Me blottir contre elle et attendre que ça cesse, qu'un obus explose et nous avec lui. Je suis un intrus. Personne ne m'attend, personne n'espère me revoir ni ne compte sur moi. Je les envie, j'en crève de jalousie ! Ma mère me manque, et mon père, et mes frères. Le manque peut-il devenir une source ? Du manque peut-il naître un élan ? Est-ce cela qui m'entraîne : l'espoir d'être aimé de nouveau, attendu un jour par quelqu'un ?

J'écoute les hommes en tremblant de frustration puis me détourne, les yeux brillants. Si je les regarde encore, je vais me désintégrer, éclater en sanglots.

Une main se pose sur mon épaule, ferme et rassurante. Mon père est là, assis à mes côtés. Si proche de moi ! Il porte sa belle chemise blanche, celle avec des broderies le long de la boutonnière. Reposé, détendu, il sourit.

Sa voix prend les accents veloutés et graves d'autrefois :

« Il leur a fallu s'unir, construire quelque chose, dit-il en désignant les hommes qui devisent. Ils devaient se projeter dans un avenir commun pour se rendre compte du lien. Ils sont bien trop vulnérables aujourd'hui pour ne pas se regrouper. C'est l'instinct de meute. Nous nous posons rarement les bonnes questions face à l'étranger : "D'où vient-il, celui-là ? Que va-t-il me faire ? Que va-t-il me prendre ?". Nous restons sur la défensive, craintifs, soupçonneux, et nous oublions d'être curieux. Nous aurions moins peur... Il faudrait ne pas considérer spontanément l'autre comme un adversaire ou comme un obstacle. À trop vouloir vaincre en solitaire, chacun met son équilibre en péril. »

Il m'enlace. Il est tellement réel, j'en pleurerais !

« Tu te trompes, continue-t-il, tu es comme eux, avec eux. Que tu aies souhaité ou non ce voyage, est-ce important ? Ta mère l'a fait pour toi. Pourtant, te perdre, c'était pour elle s'amputer des deux bras qui voulaient te retenir, crever les yeux qui ne souhaitaient que ton reflet en eux, coudre ses lèvres qui t'ont tant embrassé... Elle a hâté ton départ parce que c'était le seul moyen de te sauver. Toi aussi quelqu'un t'attend en souhaitant ton bonheur... même si c'est dans un ailleurs, quelqu'un t'attend et t'espère, crois-moi. »

Il se lève, lisse sa chemise, sourit encore et s'éloigne. Je me redresse.

— Papa !

Le sang cogne à mes tempes, je le suis. Je voudrais crier, mais ma voix n'est qu'un filet ténu.

— Papa ! Attends ! Papa, attends-moi !

Il ne s'arrête pas. La gorge sèche, le ventre noué, je presse l'allure sans parvenir à le rattraper. Il avance trop vite pour moi et pourtant d'un pas si lent !

— Qu'est-ce que tu fais ? Après qui cours-tu comme ça ?

Derrière moi, le vieux s'inquiète.

— Il était là, il me parlait !

Je désigne le paysage vide dans le jour finissant.

Le vieux ne m'interroge pas davantage. Nous revenons silencieusement nous asseoir. Je cherche des yeux la silhouette aimée, je voudrais qu'elle rebrousse chemin et me rejoigne.

— Il était là ! Il m'a touché ! Je l'ai entendu !

Je tente de me rappeler ses mots avec précision. Ils me reviennent en mémoire, mais c'est ma propre voix qui les prononce et les fait résonner en moi. Hébété, je réalise que mon père n'était pas de chair et de sang, mais un mirage de plus, disparu, happé par la réalité.

Je me recroqueville, plaque mes mains sur mes oreilles. Les souvenirs déferlent en moi. J'en ai assez de penser ! Je voudrais avoir la mémoire d'une poule.

Quand mon frère Tarek avait mon âge, il ne cessait de revendiquer plus de liberté. Il claquait la porte de sa chambre en clamant qu'il était un individu à part entière et non une abeille dans un essaim. Mon père se fâchait pour la forme et se réjouissait secrètement. Il aimait que ses enfants aient conscience d'eux-mêmes. N'était-ce pas ce qu'il nous enseignait depuis notre naissance, avec ma mère ? Il affirmait que la plus grande sagesse naît d'un esprit révolté, de même que les terres les plus riches sont issues d'un volcan. Il disait encore : « L'homme est une eau vive qui prend sa source en naissant. Durant l'enfance, il grandit, forcit, se transforme en torrent. Adolescent, il entre sous terre, se retranche en lui-même pour jaillir ensuite, splendide, tel un geyser. Puis, quand il a épanché les remous qui s'agitent en lui, qu'il a bien vécu, aimé, haï, construit, détruit et rebâti, il redevient rivière intarissable dans son lit et partage tout ce que transportent ses eaux paisibles ».

Le fantôme de mon père a raison, je ressemble à mes compagnons. Nous sommes plongés au cœur d'un monde où tenir debout est un art, progresser un miracle. Ni l'échec, ni la souffrance, ni le dénuement ne nous arrêtent. Nous sommes une eau vive. Dans le noyau de cette boule d'angoisse qui pèse au creux de mon ventre palpite l'espoir. Et quand je crois le perdre, accablé de chagrin, il finit par renaître, lumière dans la nuit.

Je n'ai qu'une solution, poursuivre la marche. Mais la charge sur mes épaules est lourde. Parfois, j'éprouve la sensation d'être aussi vieux que le vieux et de ne plus avoir la force de jaillir.

Je mange mes sardines en les laissant fondre l'une après l'autre sur ma langue. Plus tard, le froid tombe, dru, et nous transperce de ses lames. Je grelotte, le vieux aussi, nous rejoignons les autres.

— On ne fait pas de feu, déclare le chef, même à cette distance on pourrait le voir de la route.

Nous nous étendons, chacun serré contre son voisin. Nous nous enchevêtrons. Les derniers pics de hérisson s'aplatissent, nous nous collons, écaille contre écaille, mélangeons nos puanteurs et nos battements de cœur. Certains ont peur, ils ne tremblent pas de la même façon. L'onde se transmet à tout le banc.

Je me sens calme, détaché. J'ignore pourquoi. Ma mère me rassure : « avoir peur, c'est douter et prévoir pire que ce qui pourrait t'arriver. Le doute ôte l'envie d'avancer ».

Peut-être que la peur des autres atténue la mienne. C'est la première fois depuis le départ que je ne me sens pas seul. Les vibrations des corps qui frissonnent me réchauffent. J'ai faim. Je flaire le poisson sur mes doigts gras et l'odeur puissante me nourrit.

Nous sommes des poissons prisonniers d'un grand filet. Il nous faut trouver le moyen d'écarter une maille, de nous échapper.

8

Au petit jour, les trois hommes malades étaient morts. Ils ont rejoint le cadavre sous son tumulus. Les autres ont dit les prières. J'ai remué les lèvres, l'esprit vide, la mémoire effacée. Leur dieu n'est plus le mien.

La barque est prête, noire et luisante. Ce n'est pas parfait, mais nous ne pouvons pas réparer mieux. L'un des nouveaux a déjà traversé. Il dit que là, au moins, nous ne sommes pas nombreux, qu'il y a deux ans, il a embarqué avec trois cents autres, hommes, femmes et enfants, sur un rafiot complètement pourri, que ce n'est pas le pire des bateaux, celui-ci. Et même ce serait le pire, je n'ai pas le choix. Pour moi, c'est un aller sans retour.

« Dans la guerre, dans l'oppression, le peuple doit mettre ses enfants à l'abri, ils sont l'avenir. Là-bas, sur d'autres rives, des hommes et des femmes se lèvent chaque matin sans même penser qu'ils sont libres tellement ça leur semble naturel et légitime. Nous appartenons tous à la même espèce, à la même terre ! Qui refusera l'asile à celui dont la vie est en péril ? Qui fermera sa porte à un enfant en danger de mort ? »

Persuadés de la bienveillance des nations en paix, mes parents répétaient ces mots inlassablement pour se convaincre de leur bon sens et se donner du courage. Le voyage a débuté dans leurs têtes bien avant le premier départ. Ils se méfiaient de celui qui nous gouvernait autant qu'ils haïssaient son père qui l'avait précédé au pouvoir. Ils avaient remisé leurs portraits au fond d'un placard, alors que ceux-ci s'affichaient sur tous les murs du pays.

« Déjà du temps du père, nous racontaient-ils, critiquer le régime était interdit. Si vous le faisiez, il valait mieux être subtil et donner à vos propos le ton léger des mots qu'on lance pour plaisanter. Vous n'imaginez pas le nombre incalculable de fois où nous avons... plaisanté ! »

À plusieurs reprises, ils avaient reçu des courriers d'avertissement. Un seul mot, tracé noir sur blanc : ATTENTION. Mise en garde qui leur faisait hausser les épaules. Lorsque nous revenions de l'école en chantant les louanges du tyran, ils nous démontraient l'absurdité des paroles que nous prononcions. « Non, le président n'est pas Dieu. Il se prend pour Dieu, nuance. »

Un jour, les hommes du régime ont défoncé tous les meubles et le matériel du cabinet médical de mon père et l'ont menacé d'emprisonnement s'il continuait à réprouver publiquement celui qui nous gouvernait.

Puis tout a explosé.

La révolution. C'était la révolution ! La foule défilait dans les rues en scandant : « Liberté ! Liberté ! ».

La ville vibrait de clameurs, les murs résonnaient de ce que les cœurs avaient tu durant tant d'années. Un immense espoir enflait, tout allait changer...

L'armée les a mitraillés.

Les soldats ont arraché le larynx d'un manifestant qui chantait plus fort que les autres, puis ont jeté l'homme et sa gorge dans le fleuve.

Les émeutes ne se sont pas arrêtées pour autant. Les uns célébraient la liberté, les autres les assassinaient. Mon père travaillait nuit et jour et se désespérait des atrocités dont il était le témoin impuissant. « Ils dirigent les blessés vers les hôpitaux militaires. Là, ils les torturent jusqu'à ce qu'ils crèvent ! Ils les entassent dans des cellules étroites, les frappent, les dénudent, les affament, poussent la climatisation à fond et n'éteignent jamais la lumière. Les parasites leur rongent la peau. Ils hurlent, dit-on. Ils hurlent et perdent la raison. » Ses yeux restaient secs mais des torrents de larmes jaillissaient de ses lèvres.

Les lieux publics ont fermé. Ensuite ce fut le tour des bureaux, des établissements scolaires et des universités. Des milices sont nées un peu partout, puis des groupes de combat désorganisés et imprévisibles, et des factions terroristes. Chaque clan affrontait les autres et combattait l'armée régulière – quand il ne pactisait pas ponctuellement avec elle. Pendant ce temps, la police poursuivait ses rafles parmi les civils soupçonnés de s'opposer au régime.

Le blocus de la ville empêchait l'approvisionnement d'arriver, nous avons commencé à avoir faim. Les galettes de pain aux olives arrosées d'huile et de thym que confectionnait ma mère ne comblaient pas le vide de nos estomacs. Nous essayions d'apaiser les crampes en buvant des litres de thé au gingembre. Sans succès.

Le vacarme des bombes ponctuait nos journées et nous avions appris à faire la différence entre les tirs au fusil automatique et ceux à la mitrailleuse anti-aérienne. Nous passions parfois plusieurs jours sans eau, ni gaz, ni électricité. Les habitants se réfugiaient dans les cages d'escaliers des immeubles. Mes frères et moi révisions sur des matelas dans la cave tandis que notre mère travaillait à nos côtés, à la lueur des bougies. Notre père continuait à opérer à l'extérieur et nos cœurs se serraient dans l'attente de son retour.

La première année, notre quartier fut relativement épargné, mais une nuit, des cris dans la rue nous ont réveillés en sursaut. Nous nous sommes précipités derrière les fenêtres du salon et nous avons vu des hommes armés et masqués de noir exploser à grands coups de masse les vitrines des boutiques et les parebrises des véhicules garés dans la rue, en hurlant : « Dieu est grand ! ». Les alarmes se sont déclenchées toutes en même temps, comme si Dieu s'insurgeait à son tour. Nous sommes restés piqués derrière les fenêtres jusqu'au lever du jour.

À midi, un tir de mortier a détruit la boucherie à quelques mètres de chez nous et les militaires ont envahi le quartier. Réfugiés au sous-sol, nous avons attendu la tête dans nos genoux que cesse cette folie.

Lorsque nous sommes remontés des heures plus tard, le sol était jonché de débris de verre : nos vitres avaient été soufflées. Un missile était tombé sur le trottoir d'en face.

Le lendemain, nous avons abandonné la maison et tout ce qu'il y avait dedans, et nous sommes partis habiter un appartement vide qu'un ami nous avait indiqué dans les faubourgs. Les propriétaires avaient fui depuis plusieurs mois, nous pouvions nous y installer. De notre ancienne vie, nous n'avons emporté que le strict minimum : cinq valises et quelques cartons. Nous étions des réfugiés dans notre propre ville.

Mon père s'est mis à fréquenter des gens étranges. Il a fini par leur ressembler, même regard inquiet et mobile, même silhouette effacée, même foulée rapide, même murmure rare et bref. Ses belles mains tremblaient quand il nous caressait les cheveux, alors il ne nous a plus touchés. Il disparaissait plusieurs jours, dissimulant sa trousse de soins sous sa veste. Il revenait sale et hagard, et l'on ne savait si le sang sur ses vêtements était le sien ou celui de ceux qu'il soignait dans les hôpitaux clandestins.

Ma mère, la radieuse, l'élégante Soulef aux yeux limpides, est devenue silencieuse et sèche. Mes frères et moi, le ventre noué, penchés à la fenêtre de cette imposture, attendions que le fleuve de notre belle existence passée veuille bien reprendre son cours.

Un soir, un voisin a frappé à notre porte. Mon père venait de rentrer, il lui a ouvert.

— Pars ! Pars, Rami, immédiatement ! Tu es sur les listes, ils ont prévu de faire une descente chez toi demain matin !

« Aller ou mourir », c'était le sens qu'avait pris son existence. Le point de non-retour était atteint, il s'est échappé dans une camionnette au milieu de la nuit.

— Je vais nous organiser une nouvelle vie là-bas, a-t-il promis en embrassant mes paupières gonflées de larmes. Ensuite, vous me rejoindrez en avion. Tu aimerais prendre l'avion, n'est-ce pas ?

Je n'ai rien pu lui répondre.

— Ça ne durera pas longtemps, mon étoile, je te le promets.

Son regard brûlait d'une telle ferveur que je l'ai cru.

Le lendemain, personne n'est venu l'arrêter. Aucune descente, rien.

Il était surveillé depuis des semaines par les services de renseignements, on ne l'a su qu'après. Ils l'ont laissé quitter le quartier, se sont amusés de ses pauvres ruses pour les semer, l'ont capturé et torturé. Puis ils l'ont assassiné.

Ils nous ont apporté sa dépouille. Le corps dans un drap sanguinolent, la tête dans un torchon. « Une embuscade terroriste », ont-ils prétexté. J'ai senti une lame me trancher moi aussi. La douleur m'a irradié. Je suis resté debout, bras ballants, devant les deux morceaux de mon père, résistant aux mains de ma mère et de mes frères qui tentaient désespérément de m'arracher à ce spectacle. Mon cœur s'est soulevé, une rafale de spasmes m'a secoué et j'ai vomi sur la chaussée, plié en deux.

J'aimerais tellement qu'il soit mort avec l'espoir qu'il était possible de nous sauver. Mais il a forcément compris, ressenti l'accablement et la consternation. L'immense solitude. Ça m'est insupportable d'y penser. Il y a des espérances à jamais vaines. Des désespérances.

Ils pensaient nous avoir brisés, mais Tarek, mon frère aîné, a décidé de lutter en dénonçant ce qu'il voyait. Avec son téléphone, il filmait la police en train de tabasser et d'arrêter les civils, de malmener femmes et enfants, puis il postait les images en ligne. Il a été arrêté et enfermé dans un endroit suffocant, avec des cadavres suppliciés comme compagnons de cellule et l'interdiction de manger, de dormir et de s'asseoir. Quand il s'affaissait, ses tortionnaires le frappaient avec des barres en fer. On ignore pourquoi, ils l'ont libéré six jours plus tard, alors que nous le pensions perdu.

Dès son retour, notre mère a organisé sa fuite. Il a refusé.

« Je veux me battre pour mon pays, prendre les armes. Je ne suis pas un lâche, je préfère mourir en martyr plutôt que d'abandonner ma patrie », protestait-il.

« Tes armes, c'est ton téléphone qui enregistre des images, ton ordinateur qui te permet de t'exprimer.

Internet existe partout ! a insisté notre mère. Tu seras plus efficace loin d'ici pour diffuser des vidéos, écrire des articles, organiser la résistance et dénoncer ces massacres au reste du monde. Nous avons besoin de témoins vivants pour nous défendre et appeler à l'aide, pas de glorieux combattants morts. »

Il est parti avec Fares, mon autre frère. Ils sont arrivés jusqu'à la mer puis ont embarqué sur une épave lâchée au creux des vagues. Les passagers étaient trop nombreux, la houle les a paniqués, ils se sont tous regroupés d'un côté. Leur rafiot a chaviré quelques minutes après le départ, à huit cents mètres de la rive. Tarek et Fares ne savaient pas nager. Nous avons appris leur mort par hasard des semaines plus tard. Un membre du réseau chargé de leur voyage s'est montré trop bavard, l'information est remontée jusqu'à nous.

Alors j'ai attendu notre propre fin. Le temps s'écoulait, trop lent, insipide et vide. Je n'avais plus ni désirs ni besoins, je n'espérais rien. Les groupes terroristes ont peu à peu pris le contrôle de la ville et tout s'est encore aggravé, les gens n'avaient plus le droit de rire, de fumer, d'écouter de la musique, et les femmes devaient se voiler le visage. L'armée les pilonnait, et nous avec. Les Américains et les Européens s'en sont mêlés un temps et ont lâché des dizaines d'obus pour nous libérer, c'était un combat sans fin. Autour de moi, les immeubles s'effondraient sous les bombardements et ma vie se consumait à l'image des bâtiments incendiés.

Ma mère a résisté. Plongé dans mon abîme, je ne l'ai pas vue changer. Avec une amie, elle a commencé par rouvrir une école dans le quartier. Leurs élèves n'étaient pas nombreux, mais les dix qui venaient, elles en prenaient soin comme de leurs propres enfants. Et à ceux que les parents n'autorisaient pas à sortir, elles apportaient des devoirs chaque soir.

« J'ai toujours rêvé d'être professeure ! », déclarait-elle d'un ton ingénu, quand certains s'inquiétaient des risques qu'elle prenait.

Puis elle ajoutait froidement :

« Je ne vais pas trembler devant des monstres qui font de nous l'ombre de nos décombres. »

Combien de fois m'a-t-elle tendu un cahier en me proposant :

« Si tu m'aidais à corriger ? Ça te ferait réviser ! Tu ne vas pas demeurer sans instruction, que dirait ton père ? Il était tellement fier de toi ! S'il savait que je te laisse moisir sur un matelas ! »

Je m'énervais :

« Laisse-moi tranquille, mon père est mort maintenant ! Je m'en fiche d'apprendre ! De toute façon, nous aussi on va mourir, alors à quoi bon ? »

M'entendait-elle ?

Un jour, un baril d'explosifs est tombé à six mètres de la cour de l'école. La bombe dont Ahmed parlait… La violence du souffle a projeté tout le monde au sol. Réfugiés sous leurs bureaux, les enfants hurlaient, les mains sur les oreilles.

« Ils visaient ces gosses, tu te rends compte ? s'est indignée ma mère. Des petits âgés de six à dix ans ! »

« Pourquoi tu ne restes pas à l'abri ? ai-je rétorqué. Tu veux te faire tuer ? Pourquoi encourages-tu ces enfants à venir ? Laisse-les avec leurs mères au lieu de les mettre en danger ! »

Elle m'a longuement observé. Dans ses yeux, j'ai vu passer l'incompréhension, l'amour, la rage et une détermination farouche. Elle a ajusté son voile sur son visage, saisi son sac et ouvert la porte. Sur le seuil, elle s'est retournée et m'a lancé :

« Tu penses vraiment que mes élèves seront plus en sécurité chez eux ? Personne n'est en sécurité. La plupart des hommes sont partis se battre, les autres sont morts ou ont quitté le pays avec leur famille. Les armées s'affrontent sans se soucier des civils. C'est à nous, les femmes, d'organiser la résistance sur place, de lutter pour donner une éducation aux enfants ! Comment reconstruire notre pays si les générations futures sont analphabètes ? C'est ce qu'ils veulent quand ils bombardent les écoles. Détruire la connaissance, l'envie d'apprendre, la lumière et l'avenir ! Je refuse de me laisser faire, tu entends ? Je refuse de me cacher et de me taire ! Je refuse de capituler, je refuse de fuir ! »

J'ai hurlé :

« Mon père voulait que nous quittions cet enfer, il a dit qu'il allait nous construire une nouvelle vie ! Tu étais d'accord pour le rejoindre, pourquoi t'entêtes-tu à rester ici ? Notre famille n'a pas eu assez de martyrs ? »

J'ai continué, la défiant du regard :

« Le pays ne se reconstruira pas, tes efforts ne servent à rien. Un jour, la bombe, c'est sur toi qu'elle explosera. Tu mourras, comme ça, paf ! Et moi ? Je ferai quoi sans toi ? Je ferai quoi ? »

Je n'ai rien pu ajouter, la fureur m'étranglait. Je me suis tourné vers le mur. Elle est sortie en claquant la porte.

C'est après cette dispute qu'elle a contacté le réseau qui venait de recruter Ahmed, l'oncle du beau-frère de la fille de notre cousin Sofian.

« Tu vas partir là où ton père souhaitait aller, m'a-t-elle annoncé calmement un soir. Mais avant, tu vas apprendre à nager. »

J'ai appris à nager dans le fleuve agité. J'ai subi l'entraînement rigide, quasi-militaire de ma mère. Elle ne tolérait aucune faiblesse, se révélait hostile et impitoyable.

Puis est arrivé ce matin où elle m'a rasé le crâne, m'a ordonné de devenir un homme et de l'oublier.

Je n'ai jamais cessé de l'aimer, tous les jours je pense à elle. Si elle était morte, ne l'aurais-je pas senti ? Pourquoi est-ce que je l'entends si souvent me parler à présent ? Le doute s'insinue dans mon esprit.

9

Insomnie. Cinquante-sixième nuit...

Dans le ciel des milliards d'étoiles, à terre les dormeurs enroulés dans leurs haillons. L'indicible beauté d'une nuit étoilée, l'amère réalité de notre camp d'exilés. Sous mes yeux, le monde divisé en deux. Une moitié que l'on dit créée par la main de Dieu, l'autre jetée là par la main de l'homme.

Il y a longtemps, dans la moiteur de l'été, je me réfugiais sur le toit de notre maison où la terrasse silencieuse m'offrait la fraîcheur de ses dalles. J'aimais dormir à la belle étoile. Avant de sombrer dans le sommeil, je guettais les astres filants. Il y en avait des quantités. Sous leur pluie éclatante, je me sentais en sécurité.

Je m'éloigne du campement, m'assieds au milieu des cailloux, le visage levé vers les diamants scintillants dans l'obscurité.

J'ai enduré la fournaise, le froid, l'épuisement, le manque d'eau et de nourriture, la détresse, la promiscuité des hommes, la démangeaison constante sur mon torse et mon dos... la solitude. J'ai subi les insultes, la brutalité, la douleur, le découragement, le mépris et la terreur... Tout s'enchaînait, je suivais le mouvement de ce voyage éprouvant mais constant dans son désordre comme dans son cap. À présent, il va falloir me mesurer à cette mer que l'on décrit gigantesque et furieuse, celle qui a avalé Tarek et Fares... Et, si je m'en sors, affronter l'avenir. Seul. En terre inconnue. Dans la peau d'un autre.

Je ne suis pas un homme, maman, je n'y arriverai jamais.

Des gouttes tombent sur le dos de ma main. Je m'aperçois que je pleure.

Le vieux m'a rejoint, aussi furtif qu'une gerbille. Il s'accroupit à mes côtés, chuchote contre mon oreille. Tellement bas que je l'entends à peine.

— Dis-moi, petit, ta mère, elle était institutrice avant ?

Je lui réponds d'une voix enrouée par le long mutisme et par l'émotion :

— Non, l'école, c'était sa manière de résister. Ma mère est peintre... miniaturiste et enlumineuse.

— C'est un beau métier, très rare et mystérieux. T'a-t-elle enseigné la peinture ?

— Un peu... l'aquarelle. J'aimais bien.

Les mots coulent malgré moi, filent entre mes lèvres comme le chant de ma mère sortait des siennes en mélopées douces lorsqu'elle travaillait. Je lui décris la manière dont elle posait sa main sur mon poignet pour me montrer comment suspendre le pinceau au-dessus du papier, effleurer, appuyer, deviner l'ombre ou l'épaisseur du trait avant de le tracer.

— C'est très beau, la manière dont tu racontes.

— Elle me disait : « Apprends à distinguer chaque couleur, observe les paysages, les gens, les architectures. Regarde comment les teintes s'harmonisent à la lumière et au mouvement pour créer un tout. C'est un équilibre exquis ».

— L'équilibre exquis... c'est ça, murmure le vieux. Il faudra penser à te remettre au dessin et aux couleurs, un jour.

— ...

— Et ton père ?

— Mon père était médecin, il opérait dans les hôpitaux clandestins. On l'a dénoncé, il a dû fuir. C'était un grand professeur, ses patients avaient confiance en lui, ses étudiants l'admiraient. Il aimait la poésie, le français, les écrivains.... Quand je l'écoutais, j'avais la sensation de me remplir. Il ne me parlait jamais comme à un enfant incapable de comprendre, il disait que j'étais son étoile et qu'il était mon ciel.

Je raconte mes parents et leurs visages m'apparaissent. Je sens leurs souffles se mêler au mien. Je me détends, mes larmes sèchent. Je tourne la tête vers le vieux et le remercie d'un sourire.

— Est-ce que tu sais où tu veux aller après la traversée ? m'interroge-t-il.

— En France, je réponds spontanément. Je parle très bien français. Mon père voulait qu'on parte tous en France, il y avait fait ses études.

— Alors ne te fais pas arrêter en Italie. Si on t'attrape, on prendra tes empreintes et, où que tu ailles ensuite, systématiquement on te renverra dans ce pays où tu seras fiché[1].

— Pourquoi ? Je ne suis pas un criminel.

— Si, dès l'instant où tu foules illégalement une terre qui n'est pas la tienne, tu commets un délit. Certains des nôtres se brûlent la pulpe des doigts pour ne plus avoir d'empreintes. Mieux vaut ne pas se faire prendre, tu ne crois pas ?

J'acquiesce du menton.

— Tu es intelligent et courageux. Tu t'en sortiras, tu es jeune, tu as un peu d'argent...

Je me liquéfie. C'est vrai qu'il m'a surpris, l'autre matin quand ça me démangeait. Comment ai-je pu l'oublier ? Et le reste, l'a-t-il deviné ? Mon corps se ramasse, je coule un œil brûlant dans sa direction.

Il sourit à peine, chuchote :

— Je suis déjà parti un jour, le torse semblable à un rouleau d'adhésif. Moi aussi, j'avais l'impression qu'un millier de puces s'agglutinaient sur ma poitrine

---

1. Selon les accords de Dublin, les demandeurs d'asile ne peuvent formuler leur demande que dans le premier pays européen de l'espace Schengen où leurs empreintes digitales ont été relevées.

et mon dos ! Rappelle-toi, au début du voyage, le 4x4 a freiné et tu t'es effondré sur moi. Ton tee-shirt s'est vaguement retroussé, j'ai vu, c'est tout.

Je me souviens. C'était le jour où la fille...

— La première fois que j'ai fait ce voyage, un jeune homme m'accompagnait. Il cachait de l'argent sur lui, comme moi, comme toi aujourd'hui. On s'est fait prendre par une milice. Les hommes l'ont forcé à ôter ses vêtements. Quand il a compris qu'ils allaient lui voler sa fortune, il a fourré les billets dans sa bouche comme s'il pouvait les avaler. Ils se sont déchaînés.

La voix du vieux vacille, s'éteint, puis reprend :

— C'était mon fils. Moi, je me suis laissé frapper et dépouiller.

Il s'étrangle :

— Je n'ai rien pu faire pour le sauver.

Il passe un avant-bras maigre sur son front.

— Sois prudent, petit. Tu possèdes quelque chose, on voudra te le prendre.

Sa barbe me pique la joue. Il poursuit encore, plus faiblement :

— En Europe, on n'est pas désirés. On nous accueille armé, en treillis militaire ou en combinaison étanche. On nous parque dans des camps cadenassés. Quelques-uns s'en sortent... si peu. C'est vrai, ce que les passeurs ont dit, les lois de ces pays nous sont hostiles. « On ne peut pas recevoir tous les étrangers qui ont des problèmes chez eux ! », disent les gens. Ils ont peur, comme si la misère et la guerre étaient contagieuses. Ils sont égoïstes de leur bonheur et de leur amour.

Il soupire, exténué.

— Mais le bonheur, l'amour, ça ne se partage pas, souffle-t-il, ça se multiplie. Ils craignent qu'on les pille, ou qu'on les prive.

Il marque encore une pause, puis murmure :

— On ne peut pas leur en vouloir, on ferait pareil à leur place. Rappelle-toi quand les nouveaux sont arrivés, personne ne les acceptait.

Il a raison. Même nous, les fuyards, nous protégions nos buissons d'épines de l'envahisseur. Il pose sa main sur la mienne.

— Une fois à terre, ne suis pas les autres, cache-toi. Trouve un coin tranquille en France, débrouille-toi pour obtenir des papiers en règle et travaille, travaille, sans rien leur prendre, bâtis ta vie. Ces billets que tu possèdes, ne les utilise pas au hasard. L'argent, c'est du sable qui file entre les doigts.

Il s'arrête, la bouche sèche d'avoir tant parlé.

— Pourquoi vous me dites tout ça ? je demande.

— Je suis vieux, tu es jeune. Quand un vieux guide un jeune, il a la sensation de planter une graine. Il se prend pour le vent, la pluie et le soleil.

— Vous parlez comme dans un livre...

— C'est que j'en ai lu beaucoup.

— Mon père est mort.

— Certainement pour que tu restes vivant.

— ...

— Tu te souviendras de tout ce que je t'ai expliqué ?

— Oui... Dites ? On pourrait continuer ensemble, là-bas ?

— Non. Là-bas, comme tu dis, c'est chacun pour soi. On peut s'entraider au hasard des rencontres, mais tant qu'on ne s'est pas mis en sécurité, on ne peut s'encombrer d'un autre. La plupart du temps, tu ne pourras compter que sur toi-même. N'attends rien de personne, mais ce qu'on te donne, si tu sens que c'est sincère, ne le refuse pas. C'est important de savoir recevoir.

Il agrippe ma main.

— La prudence, toujours la prudence, petit, reste vigilant. Je te souhaite une vie libre, mon garçon. Je te souhaite d'être toi. Si Dieu le veut... murmure-t-il, songeur. Retourne te reposer maintenant, tu vas avoir besoin de tes forces.

— Tout a l'air plus facile à vous entendre.

— Rien ne le sera.

Il plonge son visage au creux de ses bras et se tait.

Il me donne envie de vivre. De nouveau, une espérance fragile vibre en moi. Je m'échappe du désert, je danse... c'est le mariage de ma cousine, mon père enlace ma mère, mes frères chantent, ma tunique est longue et blanche, mes manches ressemblent à des ailes. Sous l'immense voûte du ciel, plongé dans l'ombre étincelante, je deviens une colombe.

10

Le lendemain après-midi, un camion arrive avec des provisions, des bidons d'eau et le moteur. Les hommes se précipitent.

Le vieux a l'air content.

— Un Yamaha ! Quarante chevaux ! C'est un bon moteur !

Nous mangeons et nous nous désaltérons en prévision des dix heures de route qui nous séparent de la mer. Puis nous attendons la tombée de la nuit.

Le soleil n'est plus qu'un disque flamboyant, il se reflète dans la nappe ondoyante d'un mirage. Deux astres rouges pour saluer notre départ. Deux taches de sang...

Nous chargeons la barque dans le camion puis les passeurs nous font aligner. Je remarque qu'ils tiennent chacun une batte à la main. Nous obéissons docilement, sans doute vont-ils nous faire monter un à un pour éviter les habituelles bousculades. Deux des hommes se placent aux extrémités de notre file et le troisième commence à frapper. Je sursaute. Nous sursautons tous.

L'homme cogne, méthodiquement, un coup sur les jambes, un coup sur l'épaule. Il ne fait aucune distinction entre les uns et les autres. Médusés, nous entendons nos compagnons s'effondrer un à un. Je tremble de tous mes membres. À côté de moi, le vieux protège sa tête de ses bras repliés, fléchit les jambes en rentrant les genoux, creuse le ventre et se courbe mollement. Sa voix entre ses lèvres immobiles est à peine audible :

— Fais-toi aussi mou qu'une poupée de chiffon, pour amortir.

Je l'imite, m'écroule dès que l'homme me touche. Ses coups sont mal ajustés sur mon corps recroquevillé, il n'insiste pas. Je me relève lentement, sonné et meurtri.

Maintenant qu'ils ont fait la démonstration de leur force, les passeurs dépouillent chacun de l'argent qui lui reste, de son téléphone, de ses papiers quand il en possède, de tout ce qui appartient au passé. Il y avait l'avant, ils nous poussent vers l'après.

— Le premier qui bouge, on l'explose ! Vous n'avez pas la place pour votre bordel sur le bateau. Et là-bas, vous n'en aurez pas besoin, il y a des centres, vous verrez ! On va vous nourrir, vous habiller, vous héberger, vous soigner comme des nourrissons. Ensuite on vous renverra à l'expéditeur en avion et vous pourrirez en prison avant d'être liquidés !

Ils confisquent tout, jettent au sol les photographies des enfants, des mères, des épouses, les piétinent rageusement. Tout comme les amulettes, les poudres et les graines magiques que les Noirs avaient emportées pour se protéger. Ils les pulvérisent à grands coups de talons. Les grains des chapelets se répandent et les prières roulent au sol comme de vulgaires cailloux.

Un type résiste. A-t-il compris lui aussi que toute espérance était vaine ? Peut-être qu'il ne tient plus vraiment à la vie, ou alors reste-t-il en lui un ultime sursaut de dignité.

— Je garde le téléphone, ma femme va accoucher. Tu veux bien, chef ? supplie-t-il. Il faut que je sache pour le petit ! C'est mon premier. Elle va m'appeler, *Inch'Allah*.

Il est exténué, crasseux, affamé et pourtant il est magnifique. Ses yeux brillent, ardents et confiants en la vie. Pas en la sienne, mais en celle de l'enfant à venir. En cette existence qui, grâce à son voyage et à ses efforts, sera belle et bénie.

— Je garde le téléphone, répète-t-il, tenace.

Il lève le menton, les défie comme un petit cheval du désert.

Ils le lynchent.

Les seuls bruits sont ceux des coups de battes et des os qui craquent.

Pense ! Pense ! Ne cède pas à la folie, je m'ordonne dans l'urgence. Que vais-je leur donner ? Je n'ai ni montre ni téléphone. Je suis parti, ma fortune sur la poitrine et les mains vides. *Éloigne-toi de ce cauchemar, pense à quelque chose !*

Une valise... j'aurais aimé que ma mère m'en prépare une. J'aurais pu l'imaginer, déposant chaque effet, hésitante, bouleversée par mon prochain départ, pleurant en silence. Dans ma valise, j'aurais pu respirer le sel de ses larmes, sentir la douceur de ses paumes lissant un vêtement. Je m'en serais imprégné pour résister au désespoir. Une valise, c'est le passé et l'avenir, un ancrage et une promesse. Un endroit où s'asseoir lorsqu'on est fatigué. J'aurais aimé avoir une valise... Mais ils me l'auraient prise.

Les bourreaux reprennent leur collecte, tout éclaboussés de sang. Mes compagnons plient davantage l'échine, livrent hâtivement leurs misérables biens. Ils sont devant le vieux, après ce sera mon tour. Et s'ils m'arrachent mes vêtements ? S'ils me tabassent, moi aussi ? Le vieux leur tend un fin anneau d'or qu'il a fait glisser le long de son annulaire.

— C'est tout ce que nous possédons, mon petit-fils et moi, confesse-t-il les yeux baissés, le reste, nous l'avons déjà donné à Ahmed.

Il m'attire contre lui, m'encercle de son bras, comme si nous appartenions à la même famille. Les autres doutent, menacent. Alors le vieux ouvre les mains, tourne ses paumes vers le ciel, et j'offre aussi les miennes en un geste humble, une prière. Ils passent aux suivants. Je respire. Je suis sauvé.

Ça dure encore un moment. L'homme au couteau n'a plus de couteau... Ensuite, nous enjambons le cadavre du père de l'orphelin encore à l'abri dans le ventre de sa mère. Nous l'abandonnons là, sans sépulture. Nous n'avons plus ni corps ni âme. Ni cœur ni larmes. Nous n'avons plus rien d'humain.

Nous nous glissons sous la barque et le camion démarre. Je suis recroquevillé à l'avant de la coque retournée. Elle ne touche pas le sol. Par l'interstice, je distingue le dos des passeurs dans la cabine et un bout de route. Aucun phare allumé, la lune est pleine, la nuit claire.

Nous gisons, hébétés, monceau de douleurs agglutinées. Les hommes se sont affalés dans des positions étranges, en gardant les yeux ouverts pour la plupart. Les regards sont vitreux. Si les poitrines ne se soulevaient pas régulièrement, on pourrait croire à un tas de cadavres.

11

L'eau est obscure, perverse, houleuse. Confuse et hurlante. Elle rue, glaciale. La mer est une sorcière. Les rafales de vent et de sel nous balafrent, nous malmènent, nous secouent et couvrent le bruit du moteur. La mer est un mur, un creux, un mur, un creux ! Et nous montons, nous chutons, nous montons encore pour chuter inlassablement, plus vite et plus dangereusement.

Les hommes ont le vertige, vomissent, se raccrochent à tout ce qui flotte avec des gestes de pantins affolés, s'agrippent aux uns, aux autres, suffoquent. Et les vagues nous soulèvent, nous cinglent, nous douchent, se dressent, rageuses, bavant leur fiel, nous giflent, s'engouffrent dans la barque. La mer est une diablesse.

Lorsque nous sommes montés à bord, le capitaine qui chargeait les outils, les réserves de carburant, de nourriture et d'eau potable, nous a jeté un sac de boîtes de conserves vides. Je n'ai pas compris pourquoi.

Maintenant, si. Nous écopons. Au fur et à mesure que la mer crache sa bile, nous la lui rendons.

Le vieux se cramponne à la coque, il a l'air plus frêle qu'à terre. Il soutient un type chauve qui se penche par-dessus bord pour ne pas vomir à l'intérieur. Je voudrais qu'il rampe au milieu du bateau, c'est dangereux pour lui de rester là.

De creux en murs, de dessus en dessous, nous tournons, tournons, tourbillonnons dans le bouillon. La barque craque et la terreur nous tord les tripes. Il n'y a plus de ciel, plus qu'un fond aspirant, un siphon. Tout est remous cinglants, tout est terrible et menaçant.

— Hééé ! Attention !

Je hurle ! Trop tard. Une lame recouvre le vieux, l'attrape. Ou est-ce l'autre, le chauve, qu'elle a emporté ? Je ne sais pas, un rideau d'écume m'aveugle. Où est le vieux ? Où est-il ? Je n'arrive plus à voir ! Est-ce lui, hors de la barque, projeté dans les giclées du gouffre ? Est-ce mon vieux, englouti par le jus noir ? Il va et vient un instant. Je plisse les yeux. Trop d'eau, je ne distingue plus rien ! Nous sommes plusieurs à tendre les mains. Je n'entends que mon propre cri, mais je devine les bouches béantes et horrifiées, les yeux exorbités. Le corps apparaît, disparaît. Où est-il ?

— Le vieux ! je braille.

Je le cherche dans la marée rugissante. C'est lui, là-bas ! Il est si loin ! Je l'aperçois au sommet d'un autre mur que le nôtre et je ne peux rien. Sa tête dévale la pente de la vague, comme celle d'un décapité que l'on jetterait d'une cime et qui roulerait dans un ravin pour s'y perdre.

— Nooooon !

La mer se précipite dans ma bouche. Je tousse, m'étrangle, j'éructe dans la gerbe qui me noie. Je lève les poings, j'engueule le ciel. J'entends ma voix rayée, mon grincement de crabe. J'entends mugir dans les ténèbres mon cri de mouette enragée :

— Je te hais ! Je te hais, tu entends ? Pourriture ! Je te hais ! J'ai plus personne au monde ! Plus personne !

Le vent me fouette, m'enfonce de monstrueuses rafales d'embruns dans le gosier. Je gueule encore en recrachant ses tentacules. La mer me nargue, me lape, me goûte et me balance en pleine face son rictus mousseux de vieille baudroie. Je la vomis.

Puis elle se calme. D'un coup. Moins d'une heure après avoir avalé le vieux. À présent, c'est à peine si elle éclabousse la proue avec de petits bruits de bouche rassasiée. La panse pleine, elle continue à se faufiler à l'intérieur de la barque. L'eau, c'est comme le vent, ça entre partout. Mais elle a renoncé, je le sens. Elle a raflé son offrande et nous a graciés.

Quelque chose se brise en moi. Je casse. Mon âme est une immense sépulture. Papa est mort. Et Tarek. Et Fares. Maman est morte. Et toi aussi, le vieux.

Le moteur toussote et s'arrête brusquement. Le capitaine l'inspecte, le bricole, l'essuie avec la manche de son pull détrempé.

— Pas de panique, dit-il à nos pupilles dilatées, il faut attendre qu'il sèche.

C'est un brave, il n'est pas du côté des passeurs.

« Le bateau n'est pas gros, pas assez rentable pour qu'eux-mêmes risquent la traversée, m'a expliqué le vieux. Les trafiquants de bétail humain préfèrent les cargos. Les barques de pêche comme celle-ci, ils la laissent diriger à l'un des nôtres qui sait se servir d'une boussole, lire les étoiles, tenir un gouvernail et réparer un moteur. Il paie son voyage de cette manière. »

Notre capitaine est un grand homme à la peau noire, aux pommettes saillantes et aux longs doigts habiles. Il était pêcheur dans une autre vie, avant que les usines flottantes venues d'Europe raflent tout le poisson de l'Atlantique. Il écope avec nous, recueilli, la mort au fond des yeux. Tout le monde s'y met, même ceux qui ont rendu le contenu de leurs boyaux.

Le capitaine relance le moteur et nous fendons l'eau. La mer est plane, calme, irisée de plancton. Elle ondule et chante, sérénade à la lune dans un déferlement de perles scintillantes. *Saleté de sirène, je te hais.*

Sept jours... sept jours et huit nuits de misère dans ce désert liquide. Par miracle, nous esquivons les navires de la marine militaire qui sillonnent les eaux. « Dieu est avec nous », disent les hommes. *Les poissons s'échappent parfois par une maille du filet*, je pense, *Dieu n'y est pour rien.*

Presque plus de carburant, plus rien à manger ni à boire. L'horizon se confond avec le ciel. Nous sommes des statues de sel, brûlées, hagardes. Des silhouettes grises, sans visages.

Là-bas, un point. La terre.

DEUXIÈME PARTIE

12

Bien avant d'arriver, nous éteignons le moteur et pagayons avec nos mains. Un mugissement retentit dans la nuit.

— Les garde-côtes, murmure le capitaine.

Nous nous hâtons d'aborder.

Il y a un petit bois le long de la crique. Les hommes s'éparpillent, courbés en deux, aux aguets.

Gyrophares. Sirènes. Panique. Une patrouille ! Déjà ?

Des moteurs rugissent, des portières s'ouvrent, des silhouettes jaillissent, des torches réveillent les buissons encore noirs de sommeil tandis que des ordres claquent. Les policiers n'ont pas traîné, habitués à l'exercice. Quand ce n'est pas en mer qu'ils nous récupèrent, c'est ici. Combien de loques humaines nous ont précédés dans ces taillis ? J'ai déjà entendu des voix semblables, celles de ceux qui fouillent et emprisonnent.

Ils ne me prendront pas !

Pas de camps, pas de grilles cadenassées, pas de retour forcé, pas tout ce chemin parcouru pour rien ! « Ne suis pas les autres, cache-toi », a dit le vieux. Alors je fuis dans la direction opposée. Mon corps obéit instinctivement. Les souffrances s'effacent, la faim aussi, et la soif, et la fatigue, et la terreur, et ce mal de terre qui succède au mal de mer, comme si le roulis de la barque s'était imprimé en moi. Ne reste qu'une nature profondément animale, une vigueur sauvage qui prend le dessus. Mes jambes s'emballent, se jouant des embûches du terrain, je bondis entre les fourrés, romps la trajectoire, détale en zigzag. Là, un creux ! Deux rochers, un pin tordu et cette fente entre la pierre et l'écorce, tellement étroite qu'elle m'écorche lorsque je m'y glisse. Je la remplis. Le sol est doux, accueillant, tapissé de brindilles. Je m'y enfonce, me recouvre de mon blouson, de terre, de graviers, d'aiguilles sèches, de feuilles, de tout ce que je trouve à portée de main. Les paumes pressées sur ma bouche, je préviens le cri qui pourrait fuser malgré moi. Tapi dans mon trou, le souffle étouffé, j'écoute.

Des pas vont et viennent plus loin, tournent en rond, des mains cherchent. On écarte des branchages, des cailloux roulent, des bras fendent l'air. J'entends claquer le chien d'une arme.

— *Get out of there !*

« Sors de là ! » Je comprends, c'est de l'anglais.

Il y a une bousculade, des cris encore, puis tout s'apaise. Je tends l'oreille. Des ordres brefs, des piétinements, des corps qui se hissent dans un camion, s'entassent en crissant sur la tôle. Comme je le connais, ce bruit ! Ils ont dû trouver dix, ou quinze, ou vingt de mes compagnons. De nouveau des exclamations, une course se rapproche. Quatre paires de pieds foulent le gravier. Un fuyard sans chaussures, trois traqueurs grosses semelles, qui l'interpellent. Ils viennent de mon côté. Apnée.

Le fugitif tente de se glisser dans ma tanière. Je me durcis, deviens roc. *Non ! On ne passe pas. Je suis la pierre, j'obstrue. Aucune place pour l'intrus. On ne m'envahit pas, c'est mon territoire !*

Les policiers accourent, découvrent celui qui espérait leur échapper. Leur ton n'est pas agressif, ils s'expriment dans leur langue puis passent à l'anglais avec un drôle d'accent.

— *Stay calm. We won't hurt you. We will take you with the others, to heal and feed you. Don't be scared, come with us*[1].

Ils s'approchent. Je plante mes dents dans ma paume. Je me dévore. Surtout ne pas respirer. Penser aux crocodiles du Mississipi. Réduire les battements du cœur, ralentir le sang. Je ferme les yeux. J'ai envie de hurler, de glapir comme la fille au sac bleu, de gémir et d'implorer. *Rappelle-toi ! Tu es un homme,* je me raisonne. *Un homme courageux qui ne crie pas. Ne te désaccorde pas, reste celui-là. Tu dois vivre pour tes*

1. Reste calme. Nous ne te blesserons pas. Nous allons t'emmener avec les autres, te guérir, te nourrir. N'aie pas peur, viens avec nous.

morts. Pour leur permettre d'exister, pour qu'ils parlent en toi. Tais-toi, tais-toi, je t'en supplie, tais-toi.

J'entends qu'ils saisissent le bras de celui qui ne peut plus s'échapper. J'entends l'acier d'une arme que l'on abaisse cogner la roche. J'entends s'apaiser le souffle d'animal traqué au-dessus de moi. Un long soupir de pneu crevé. Il se rend. La chasse est terminée.

— *Come with us, man*[1] *!*

J'entends les pas s'éloigner, les portières claquer, les roues écraser le sol sec, le ronflement des moteurs décroître. Le silence. Puis un battement sourd, rapide, un galop irrégulier. Mon cœur. J'entends le flux reprendre son cours dans mes veines. J'entends le chant de la mer. Les mouettes rient au loin, les pinsons s'éveillent dans les arbres, les insectes grincent. J'écoute la naissance de l'aube. J'existe. Mon corps de pierre s'alanguit.

— Aïe !

Le cri m'échappe. La douleur est vive, je m'étrangle. Une morsure ! Aiguë, atroce. Puis une autre, une autre, une autre, mille autres ! Je jaillis hors de mon trou, oubliant toute prudence. Le roc retrouve sa capacité à souffrir. Je suis couvert de fourmis.

J'arrache mes vêtements et m'assène de grandes claques pour écraser les insectes.

Mon corps est en feu, mon crâne un volcan. Je ne réfléchis pas et plonge nu dans les eaux transparentes. Brûlure glacée sur mes blessures. Je me

1. Viens avec nous, mec !

cambre, transpercé de décharges, le souffle coupé. Mes dents claquent violemment, mes jambes et mes bras s'agitent en tous sens, puis le sang se réchauffe, mon corps s'habitue et la mer glisse sur mes membres, mon ventre, caresse mes épaules, mon dos, mes fesses, mes cuisses, démêle mes cheveux crasseux, m'apaise, me berce, roucoule à mon oreille. La sirène se fait pardonner son crime monstrueux d'il y a sept nuits.

Devant moi, les yeux du vieux sourient. Je sens les algues soyeuses entre mes orteils, la houle qui m'enlace. Je nage la tête sous l'eau. Le soleil tout juste éclos pénètre dans les profondeurs en longs sillons radieux. Je comprends enfin pourquoi les poissons ont ce perpétuel regard rond et argenté. C'est l'étonnement émerveillé devant tant de beauté, le reflet à jamais inscrit en eux du salut de l'astre à la mer.

Mon corps se délie, ondule. Je m'abandonne, ma digue se rompt, et toute l'eau emprisonnée derrière mes yeux se répand dans les flots bleus.

13

Je remonte prudemment en prenant appui sur les rochers glissants. Je regarde mon torse pour la première fois depuis mon départ. Ma peau est irritée et suintante, le Scotch se décolle partiellement. Délabré, grisâtre, imbibé de sueur, de sel, de sable, de sang et de crasse, le bandage est détrempé. Je pourrais peut-être dégager le sachet, nettoyer mes plaies, enterrer ma fortune... Non, pas ici ! Trop de passage, trop de gens qui s'échouent dans les fourrés, les arbres creux, la moindre cavité. « Prudence », a dit le vieux.

J'enfile mon jean, chausse mes baskets en ruine, me penche pour ramasser mon tee-shirt. Une branche craque. Je lève les yeux. Stupeur. Un homme me fait face, debout dans les taillis. Je le reconnais, il priait dans le désert et vomissait le contenu de ses tripes la nuit de la tempête.

Il me fixe. Dans ses yeux, passe une lueur inquiétante. Prédatrice. Je m'accroupis. Un long caillou pointu se glisse entre mes doigts.

Il fait quelques pas dans ma direction.

— Le muet ? Ils ne t'ont pas pris ?

Il désigne les lambeaux de Scotch.

— Qu'est-ce que tu as là, planqué sur toi ? De l'argent ? Montre !

Il m'observe attentivement, les yeux rivés sur ma poitrine.

— Ah ben ça alors ! Jamais j'aurais cru que... Viens, approche, sois pas farouche !

Il avance imperceptiblement.

— Fais-moi confiance, on n'est que tous les deux, ils ont arrêté les autres. Partage avec moi, je te protégerai.

Il titube, instable. Épuisé, affamé et fou.

Je pense à l'animal favori de mon frère Fares... *Lorsqu'elle chasse, la panthère attend, immobile, que sa proie se rapproche.*

— On va se soutenir, tu veux ? On en a besoin, après ce voyage de dingues !

Il fait deux pas. Son visage blême est inondé de sueur. Sa bouche se tord.

Une fois sa victime à portée de griffes et de mâchoires, l'animal prend appui sur ses pattes postérieures et se jette sur elle à une vitesse inouïe.

— Je vais bien m'occuper de toi, tu verras. Comment j'aurais pu me douter que tu étais...

Il rit. D'un rire désespéré, dépourvu de toute joie.

— Ah, ah, ah ! Tu as bien réussi ton coup ! Allez, viens, quoi !

Il se penche. Effleure mes épaules nues.

— Laisse-toi faire, on va s'en sortir. Ici, c'est le paradis, regarde !

Ses bras s'agitent frénétiquement, hachent le paysage.

Il s'incline davantage. Ses doigts se crispent sur ma peau, sa voix devient menaçante :

— Sois pas sauvage, m'oblige pas à devenir méchant. Je suis plus fort que toi, t'as aucune chance ! Allez, montre ce que tu caches là-dessous. Y a combien ?

Il arrache le Scotch, je bondis.

Ma main effectue un rapide arc de cercle. Ma force me stupéfie. La pointe de la pierre s'abat à l'arrière de son crâne et l'entaille profondément. L'homme s'effondre sur moi, les yeux révulsés, la bouche hurlante. Je le repousse, me redresse et reste quelques instants debout, à le contempler, hébété. Il repose sur le côté en geignant, les deux mains pressées sur sa plaie.

L'horreur me gagne, mon corps amorce ses premières convulsions. J'attrape mon tee-shirt brun de terre, l'enfile à la hâte, récupère mon blouson dans la fourmilière et je m'enfuis, je cours. À perdre haleine, à perdre la raison.

Je suis un homme, je suis un homme, je suis un homme... il va mourir ? Je suis un homme, un homme ! Un homme ! Panique pas, un homme fait ce que tu as fait, il se défend quand on l'attaque... Il va mourir, c'est sûr, il est peut-être déjà mort ! Tu l'as tué ! C'est atroce, tu l'as tué ! Tu lui as fracassé le crâne ! Pourquoi t'as pas partagé l'argent ? Pourquoi ? Je suis un homme, je suis un homme... Lui, il aurait pas partagé, je l'ai senti, il aurait pas partagé ! Il voulait me voler et me faire la peau, je n'avais pas le choix, c'était lui ou moi ! Je suis un homme, je suis un homme, je suis un homme... j'veux pas être un homme, j'veux pas ! Il est mort, tu crois ? Peut-être pas. Il est juste blessé... Il va se relever. Ou alors, quelqu'un va le trouver, le transporter chez lui et le soigner. Il est mort ou pas mort ? Tu t'en fous, merde ! Tu t'en fous ! Et si je l'ai tué, hein ? Si je l'ai tué ? Tu n'avais pas le choix ! Pas le choix ! Pas le choix, pas le choix, pas le choix pas le choix pas le choix pas le...

Je me rassemble. Mon cœur cesse de s'affoler, mon esprit de penser. Mes jambes ralentissent, je franchis une butte. Devant moi, une route serpente. Je tire mon bonnet de ma poche, l'enfonce sur ma tête, et l'homme qui gît derrière moi, je l'oublie.

14

Je marche sur le bord de la route. En quittant les fourrés, j'ai tourné à droite, j'apercevais des toits, un port empli de voiliers blancs. Puis j'ai croisé les traces de roues qui sortaient du chemin forestier. Comme moi, elles partaient en direction du village au bord de la mer. Alors j'ai fait demi-tour, fuyant vers les hauteurs. Quand j'entends un moteur approcher, je me jette dans les herbes des bas-côtés. J'ai bu avidement dans un creux où coulait un ruisselet. J'ai aspiré le sirop des fleurs de trèfle. Ma mère disait : « Le nectar de trèfle est un philtre porte-bonheur ». Après les fleurs, j'ai dévoré les feuilles, les tiges et les racines. Même la terre, je l'ai mangée.

Je marche. Sans savoir où je vais. Depuis que j'ai trouvé cette route, je n'ai plus envie de la quitter, où qu'elle mène, je la suivrai.

J'ai mal à la tête, une brume opaque me trouble la vue. Je progresse en zigzagant au milieu du bitume.

Je voudrais corriger ma trajectoire, mais les muscles de mes jambes répètent leur mouvement mécanique indépendamment de ma volonté. Je ne suis plus maître de mon bord, je me déroute. Pourtant je continue. S'arrêter, ce serait accepter la fatigue, risquer de s'endormir et se faire capturer.

Je lève les bras à l'horizontale pour garder l'équilibre et je funambule, la faim au ventre, le ventre tordu. L'eau du ruisseau était fraîche, j'ai bu trop vite. Les crampes me coupent en deux. Devant moi, les formes ondulent. Je suis fatigué, si fatigué... Des lambeaux du cauchemar des jours passés se mêlent à d'autres plus anciens, puis se déchirent....

Tout est confus, noir et rouge de sang, tout est hallucination et néant. Je vois le vieux agrippé par des serres recouvertes d'algues et de tentacules de poulpe, les mains de ma mère le retiennent, cherchent à le faire passer par l'étroit goulot d'un bidon empli d'une eau déchaînée. « Il faut qu'il apprenne à nager ! », crie-t-elle en pleurant... Mon père l'en empêche, la saisit par la taille. Derrière lui, une ombre gigantesque brandit un long sabre écarlate... Il s'écroule, décapité, et sa tête roule à mes pieds. Un homme veut s'en emparer, je lui frappe la nuque à coups de pierre, sauvagement, je m'acharne jusqu'à ce qu'il abandonne, s'éloigne en pissant le sang, et disparaisse, happé par un trou d'obus... Je suis assis sur mon lit, un cil de lune éclaire ma chambre et la tête de mon père repose sur mes genoux. Mes frères sont là, raides et bleuis par le froid, de nos yeux coulent des pétales de lilas.

Je tombe à genoux, m'écorche, me relève. Pourquoi le brouillard est-il si épais tout à coup ? Je dois avancer... mais je n'y arrive pas. C'est étrange, dans ma tête une petite voix qui ressemble à la mienne me répète inlassablement une agaçante litanie. « Je suis un homme, je suis un homme », insiste-t-elle. Elle m'exaspère, m'épuise. Ma poitrine me démange, c'est terrible ! Ce que tout est bancal ici... jamais vu d'arbres aussi tordus, même le ciel tournoie. Le bout de mes doigts est rongé par le sel. « Je suis un homme, je suis un homme, je suis un... », cette voix me tourmente, je ne la supporte plus. Bien sûr que non, je ne suis pas un homme, qu'est-ce qu'elle raconte ? J'entends mon cœur battre, il pompe le sang trop vite. Je me gratte frénétiquement. J'étouffe. J'étouffe.

Un moteur ! De l'autre côté du virage ! Instinctivement je chasse les cauchemars, je me vide de toute pensée, cheveux et poils dressés. Le bruit se rapproche. Je plonge dans le fossé et roule le long d'une pente. Les odeurs me frappent de plein fouet, terre, herbe, feuilles, humus, pierre, terre, herbe. Je me retrouve étendu au milieu des fougères. Le moteur vrombit au-dessus de ma tête avant de se perdre dans la descente. Une odeur de gasoil me soulève le cœur, vite remplacée par celle de la forêt, un parfum musqué qui m'étourdit. Les douleurs dans mon ventre s'apaisent, je ferme les yeux.

Le violon des cigales me réveille. Bouffée de thym sauvage, de sauge, de romarin et de marjolaine... senteur de figues fraîches ! Mes narines dilatées me guident jusqu'à l'arbre croulant sous les fruits. J'écarte les feuilles, cueille une figue et plonge mes dents dans sa pulpe sublime.

Un froissement dans les fourrés. « Prudence ! », souffle le vieux.

J'écoute distraitement, ce n'est rien d'autre que la respiration du vent. Je n'ai pas envie de partir, pas maintenant ! Je lape le jus des figues, m'empiffre de leur chair fraîche, cueille inlassablement et mords à pleine dents.

Un craquement, deux. Un frémissement, à gauche. Des chuchotements. Je me raidis, sur le qui-vive.

Sept têtes surgissent au-dessus d'un buisson. Sept têtes de gosses aux cheveux de suie. Un chapelet d'enfants cuivrés aux yeux d'olives noires et aux petites dents rondes et blanches. D'un geste je les chasse, d'un crachement de chat : « Kssssschhhhhh ! ».

Ils s'éparpillent telle une poignée de criquets bondissants.

Je les regarde disparaître dans les broussailles en reprenant ma respiration. Plus bas, entre les troncs, la mer pétille, des paillettes d'argent au bout des cils. Fatigue... Une longue douleur se diffuse dans mon corps. Je glisse à terre. Une main invisible retire tout ce qui encombre ma tête. Ôte le fluide des pensées, des souffrances, des horreurs. Déroule loin de moi le fil de ma mémoire. M'évide.

Noir.

15

On me soulève, je me débats. Des bras me ligotent. Je lutte de toutes mes forces pour échapper à l'étau. En vain : mes membres sont inertes, privés de vigueur. J'essaie de voir qui m'emporte, mais mes paupières refusent de s'ouvrir. Il y a une odeur d'huile de moteur, de rouille et de savon... Je sombre.

Quelqu'un soutient ma tête, me donne à boire. J'entrouvre les lèvres. Le filet d'eau s'insinue entre mes dents, glisse sur ma langue, coule le long de ma gorge et m'irradie. Je suis en vie. J'ouvre les yeux.

Un visage se penche au-dessus du mien, un corps envahit l'espace. C'est une immense femme, massive, avec des épaules plus larges que celles de mon père, un cou épais et une longue face brune encadrée d'une cascade de boucles en désordre. Elle m'essuie la bouche et le menton avec la manche de son bleu de travail.

Je suis étendu sur un lit. Drap blanc, rugueux, qui me recouvre entièrement, murs dans l'ombre des persiennes. Une armoire dans un angle, un rideau dans l'autre, une chaise... c'est tout le mobilier. Tommettes brique au sol. La femme sourit sans que ses lèvres ne s'étirent vraiment. Ses yeux s'éclairent, fugitive chaleur.

Je porte péniblement une main à mon torse. La brûlure est toujours là, la démangeaison pénétrante. Je me contracte. Ce que mes doigts effleurent, ce n'est pas le Scotch, mais la gaze d'un pansement. L'argent ! Ma main palpe, mes yeux paniquent.

La géante pose une main sur mon épaule, désigne du regard une tablette à côté du lit. Le sachet y est posé. Terne, souillé. Intact. Je distingue les trois tubes à l'intérieur.

Ma main poursuit son chemin le long de mon corps, m'aide à reprendre conscience de moi-même. Les souvenirs affluent dans ma tête, me rappellent à l'ordre, m'ordonnent la prudence. Je touche ma peau du bout des doigts. Poitrine maigre, côtes saillantes et meurtries, ventre creux. Cri muet. Je réalise que je suis entièrement nu. Je lève des yeux de noyé vers la femme.

Elle me fixe et lève ses mains dans un geste d'apaisement. Elle passe un index sur ses lèvres comme pour les joindre, puis le presse, vertical, et les scelle définitivement. Silence. Le vieux murmure à mon oreille : « ce qu'on te donne, si tu sens que c'est sincère, ne le refuse pas, c'est important de savoir recevoir ». Je lis dans le regard de la géante qu'elle ne me trahira pas. Je me relâche, même si demeure au creux de ma poitrine le poids de tout ce que je sais, de tout ce que je suis, de tout ce qui m'encombre.

Je cherche la porte des yeux. La voici, proche, entrouverte sur un rai de lumière. S'évader... Je tente de m'asseoir, j'en suis incapable. Ma tête lourde sur l'oreiller, mon dos et mes jambes paralysés. Je ne veux plus dormir, je dois partir, je dois absolument m'enfuir... Ma vue se brouille, mes paupières se ferment malgré moi, je m'enfonce, je résiste... le temps d'entrevoir dans l'ombre quatorze petites perles noires qui m'observent.

Sommeil.

Marteaux dans ma tête ! Pilons sourds battant la mesure de la grande symphonie de la mort. Celui qui a connu la guerre entend à jamais l'écho des obus qui s'écrasent dans un coin de son crâne. Je presse mes paumes impuissantes sur mes oreilles. Qu'ils se taisent !

Toi aussi tu as voulu tuer... tu as tué un homme. Tu as tué, tué, tué ! Les mots résonnent, enflent et colonisent mon cerveau. J'ai envie de vomir, de tout dégorger sur le sol, de me vider jusqu'à ne plus être. Convulsions. Je me tords. Je sens une main fraîche contre mon front, un linge humide sur mes cheveux, le long de mon cou, de mes bras. Je m'apaise, flotte... Mes frères et mes parents s'assoient sur le lit. Fares me presse les mains, maman me caresse la joue, ils me regardent d'un air grave et compatissant, comme s'ils veillaient un mourant. Il y a le vieux, aussi, debout dans un coin. Le vieux et ses bons yeux de hibou.

Je me débats, tout se mélange en moi. Je délire, j'entends ma voix : « J'étouffe, aidez-moi ! ». Je veux qu'ils chassent le tumulte, les giclées de sang, le fracas des balles, les ventres béants, les crânes ouverts et les membres épars. « Sauvez-moi ! »

Je refuse que les miens disparaissent encore et m'abandonnent. « Tarek, Fares... Maman, Papa... le vieux, restez là... encore, encore un moment, je vous en supplie, ne me laissez pas ! »

Réveil.

Fenêtres et volets ouverts, mouchoir de ciel rose. La géante est assise à mes côtés et glisse entre mes lèvres des morceaux de galette au miel qu'elle trempe dans du lait. Je mâche lentement sous son regard attentif. Nous n'échangeons pas un mot. Un mince chat blanc somnole sur le rebord de la fenêtre. Au dehors, des petites mains le chatouillent, l'agacent, le caressent maladroitement. Il ronronne, aussi vibrant qu'un moteur. La ribambelle de prunelles coule dans ma direction. Sourires timides de pinsons qui n'empêchent pas la tristesse de m'enrouler dans son long manteau gris.

Pour cicatriser mes plaies, il ne faudrait garder que le souvenir des jours heureux, retrouver l'enfance, les baisers de ma mère, humer son haleine de fontaine claire. C'est impossible, on ne fait pas marche arrière. Je me rappelle la route qui serpentait avec la mer en dessous et l'azur au sommet. Était-ce tout à l'heure ? Hier ? Je sens encore brûler en moi l'acharnement qui guidait mes jambes. L'homme avance, un pas devant l'autre, inexorablement. Il ne peut aller dans le sens contraire avec aisance. Sa cheville n'est pas assez mobile, son pied est muni d'un talon volontaire qui se pose sur le sol et déroule devant lui toute la marche à suivre. Reculer n'est pas naturel.

« Tu oublies ton pays. Tu entends ? Tu m'oublies. Et tous les autres que tu connais, tu les oublies aussi. Et qui tu es, tu l'oublies. »

Je ne peux pas. Il arrive toujours un moment où les tiroirs s'ouvrent et où tout en déborde. La mémoire, c'est le seul moyen que j'ai trouvé pour reculer malgré mes pieds qui m'emmènent dans l'autre sens, pour vivre mon passé au présent. Protéger mon humanité. Mémoire des bras aimés, souvenir des regards, des voix, des gestes, des rires et des pas, autant d'empreintes indélébiles dans le secret de mon âme.

Sommeil, encore, pour mieux éprouver dans l'inconscience la douceur de mon hier.

J'ouvre les yeux. Torture. Projection d'un rai de lune sur le grand mur vide qui me fait face. Dans le halo, l'image de ceux que je ne verrai plus, la photographie livide des êtres que j'aimais, baignant dans des mares d'eau salée mêlées de sang. Cœur pétri, écrasé par le manque. Insomnie, puis enfin... abandon, naufrage dans des cascades de larmes.

Éveil. Soleil.

16

Je suis revêtu d'une longue chemise immaculée. La porte s'ouvre doucement, aussi mystérieuse qu'un rideau de scène. Les sept petites têtes familières s'empilent dans l'entrebâillement. J'entends la femme qui n'est pas loin, la masse d'air qu'elle brasse en arrivant projette les enfants dans la pièce. On dirait une pincée de raisins secs qui s'éparpillent en roulant dans les coins. La géante tire un grand baquet rempli d'eau jusqu'au pied du lit.

Petits rires de pieds nus, doigts espiègles qui pianotent sur la surface liquide, s'éclaboussent. Une goutte sur mon bras. La femme se redresse, frappe trois coups brefs dans ses mains. Les petits se rassemblent autour d'elle, pépient une petite salade de mots. Elle effleure l'un, hume l'autre, distribue un peu d'elle à chacun, avec une grâce et une tendresse qui pourraient sembler incongrues dans ce grand corps brut, mais se révèlent naturelles tant ses gestes sont empreints d'amour et de délicatesse. Évidence. Elle est leur mère. Mon cœur un tambourin, mes yeux une rivière sèche.

La nuée s'envole soudain et la femme referme soigneusement porte et persiennes. Elle sort de l'armoire une grande serviette et un cube de savon qu'elle pose sur la chaise à côté de moi. Elle pointe son index sur ma poitrine puis désigne le baquet. Pas un mot n'est prononcé mais je comprends. Je vais pouvoir me laver.

Je prends une longue inspiration et m'assois. Tourbillon. Fatigue. Intense. Comme si j'étais allé au bout de moi-même. Tout mon être me semble brisé, démantelé, anéanti. Je ferme les yeux, contracte les muscles de mes bras et pousse sur mes poings, le souffle court. La femme se penche pour m'aider, glisse ses mains sous mes aisselles et me soutient. Je fais un pas, deux, puis la pièce se renverse. La géante me rattrape, me remet à plat sur les draps, me lisse comme une feuille. Ses doigts sur ma joue me raniment.

Je recommence, m'obstine. Mes jambes sont aussi flasques qu'une mue de serpent mais je n'abandonne pas, ce serait trop facile. J'ai résisté jusque-là, je continue.

J'y arrive. Ce n'est pas fabuleux : une dizaine de pas jusqu'au cabinet de toilette dissimulé derrière le rideau. Je me soulage, cramponné à la cuvette en faïence. Retour au lit, exténué.

« Tu vas te forcer, oui ? » La voix de ma mère, impérieuse. Je me souviens...

Je m'étais arrêté de nager, le temps de reprendre mon souffle, les doigts crispés sur les pierres plates de la berge. Elle s'était précipitée, m'écrasant les mains sous ses semelles, me repoussant dans le fleuve à grands coups de savate. « Tu ne t'arrêtes pas ! Qu'est-ce que tu crois ? Que c'est comme ça que tu vas t'en sortir ? Allez, tu y retournes ! » Il y a des moments où je la haïssais. Était-ce son objectif ? Attiser ma rage pour que je parte sans regrets ?

Obéir. Obéir à sa voix. Obéir malgré mon corps douloureux. « Tu y retournes ! »

Je fais signe à la géante que je peux me débrouiller. Quand elle est sortie, je me déshabille et ôte le pansement qui s'accroche à ma peau. Neutralise le hurlement de souffrance derrière ma paume.

Le souffle rauque, assis au bord du lit, je trempe un coin de serviette dans l'eau et lave lentement mes plaies, mordant le drap pour étouffer la douleur. Je serre mes poings à les briser et je pleure des larmes de braise. Est-ce cela, être un homme ?

J'attrape le sachet sur la tablette et j'en retire les tubes. Ce sont d'anciennes cartouches à balles, elles ne semblent pas avoir pris l'eau. Je les décapsule fébrilement, les billets ne sont même pas humides. Je les déroule sur le lit, il y a beaucoup de dollars. Beaucoup trop. Je claque des dents. Ma mère avait de quoi payer son voyage.

Ma colère se réveille. Et avec elle la révolte. On ne laisse pas partir son enfant sans un mot, sans un pull de rechange, sans rien d'autre que de l'argent scotché sur le torse et un crâne chauve. On ne lui impose pas un tel voyage. On ne le précipite pas entre les vagues qui ont dévoré ses frères en lui ordonnant d'être un homme ! Ce n'est pas ça, être une mère !

J'ai quinze ans.

Je veux vivre normalement avec ma famille autour de moi.

Lire. Écouter de la musique. M'enfermer dans ma chambre. Ou laisser ma porte ouverte.

Respirer au gré de mes humeurs, au rythme de ma vie. De mes envies.

Poster des photos de fête sur les réseaux sociaux, découvrir ma messagerie saturée. De messages d'amis. Vivants. Leur répondre vite, vite, vite. Parce que je les aime.

Partager. Des repas de famille, des soirées sur la terrasse, des disputes, des espoirs, des déceptions, des passions, des colères, des réconciliations, des chagrins et des joies. Et des moments simples où il ne se passe rien, mais où tout est important. M'enivrer de rires, d'éclats de rire, de rires fous qui font rouler des larmes chaudes sur les joues, c'est ce que je veux !

Marcher dans la rue entre mes copains. M'asseoir avec eux dans un endroit tranquille, discuter de tout et de rien en me goinfrant de chips. Parler ma langue. Prendre le bus. Regarder le paysage défiler en fredonnant un air dans ma tête. Détester le prof d'anglais, adorer celui de maths. Lire avidement, avoir la flemme de faire mes devoirs. Ouvrir la fenêtre au chat. M'amuser de l'empreinte terreuse qu'il laisse sur ma copie avant de sauter du bureau.

Danser plonger dans la piscine jouer au tennis aux échecs accompagner mon frère Tarek à son cours de clarinette marcher sous la pluie au soleil sentir l'acidité d'un citron sur mes dents la douceur de la pâte d'amande sur ma langue jouer de la guitare prendre des poses devant un miroir cuisiner mon plat préféré pleurer devant un film cacher mes larmes courir derrière mes rêves m'émerveiller admirer sentir une main m'effleurer un regard me caresser me remplir de l'instant du bonheur d'exister.

Fermer les yeux sans craindre les cauchemars.

Aimer et sentir qu'on m'aime.

Écouter parler mon père. Retenir chacun de ses mots tellement c'est grand et beau.

Regarder peindre ma mère. Le cœur battant, pousser la porte de son atelier. Respirer l'odeur des pinceaux qui sèchent, des toiles humides, le parfum des pigments, de l'huile de lin et de l'essence de térébenthine.

Construire l'avenir, sans y penser. Frissonner. Embrasser. Grandir doucement, devenir adulte... un jour, pas maintenant, pas comme ça.

Pourquoi ma mère est-elle restée dans son enfer, m'abandonnant dans celui-ci, alors que j'avais tant besoin d'elle ?

Je veux retrouver mon âme insouciante et mon identité. Je veux me réaccorder.

J'ai quinze ans et je veux être moi.

Je me coule dans l'eau et pose mon menton sur mes genoux. Oublier... oublier la peau que je savonne.

Oublier mon corps dévasté que je n'ose pas regarder pour rester celui que ma mère a façonné. M'échapper encore et encore, me diluer dans le miel des souvenirs...

Il y avait un endroit très vert où j'allais souvent pique-niquer avec mes frères. Après le repas, on s'allongeait, les pieds dans l'eau de la rivière sous les myrtes, les lauriers et les pins. Les mains derrière la tête, on oubliait les premiers aboiements de la guerre. On regardait les rares nuages passer devant le soleil et on imaginait leur voyage, l'océan, le lac ou le fleuve qui les avait engendrés, les pays qu'ils avaient survolés, leur destinée... Ces nuages, c'étaient nous et nos rêves d'aventuriers.

Je me lave les cheveux. Ils ont repoussé. À quoi est-ce que je ressemble maintenant ?

Mes frères pêchaient et je restais dans l'herbe, les yeux fixés sur les arbres. Je sentais au plus profond de mon être la fusion s'opérer peu à peu entre nous, mon corps se fondait dans leurs troncs, mes bras dans leurs ramures... nous nous étirions au gré du vent, envahissant l'espace, multipliant nos branches. Nous bruissions des chants d'oiseaux et du grincement des insectes. Nous nous laissions bercer par les ondes, les souffles, les courants de vie, cette intense sensation de liberté qu'apporte la nature. Nous n'aspirions alors qu'à une seule chose, la lumière.

Il n'y a plus ni arbres ni lumière dans un pays en guerre. Alors, comment pourraient y survivre des hommes ?

17

Je m'égoutte sur les tommettes. Eau noire, peau nette. Je me sèche, rassemble les billets, les roule pour les ranger dans leurs cartouches. Je fourre le tout dans le sachet, le sachet sous le matelas. Voilà. Tout est en ordre.

Mes vêtements sont pliés au pied du lit. Impossible de les enfiler sans les déchirer davantage. J'ai éclaboussé la chemise roulée en boule par terre. Je m'enroule dans le drap et marche lentement jusqu'à la porte. Mes jambes acceptent de suivre le mouvement. Je débouche dans un petit couloir inondé de soleil... au bout, une autre porte, ouverte. Je m'avance jusqu'au seuil. Une dizaine de marches. Je m'assois pour les descendre.

Devant moi s'étend un jardin sauvage, enchevêtrement d'herbe, de lierre, de fougères et de troncs tordus. Le tout vivant, vibrant, grinçant, un peu inquiétant, animé d'un mouvement lent et continu. Je frissonne.

Des palmiers courts s'agitent et frappent des carcasses agglutinées à leur pied. Mon souffle se suspend. Ce n'est pas un jardin, c'est un cimetière. Un cimetière d'épaves.

Je m'enfonce dans le désordre et découvre un toit. Un toit d'automobile et tout ce qui va avec, une carrosserie complète, rouillée. Je me penche par le trou béant de la vitre explosée d'une portière. Dans la lueur d'aquarium, je découvre des sièges au tissu rouge usé, un tableau de bord moussu et un volant miraculeusement intact, d'une blancheur éclatante. Je me redresse et poursuis mon exploration. Partout des corps de tôle rongée, des squelettes d'acier, les restes incongrus d'existences mécaniques. Des outils, des moteurs, des machines défoncées. Des silhouettes informes, coiffées de grappes de ressorts, de fils de fer, de tiges dressées vers le ciel. Alors que j'enjambe le cadre d'un lit, on me tire brusquement en arrière. Je m'affale dans la verdure. Mon drap s'est coincé dans l'arrête saillante d'une poignée de gouvernail. Un froissement à mes pieds me fait sursauter. Un hérisson sort du tambour d'un lave-linge. Je souris en le regardant s'échapper. Il tortille son corps dodu, piqueté d'aiguilles rousses et disparaît dans les broussailles.

Je n'ai plus peur, j'ai la sensation de pénétrer dans le fabuleux spectacle d'une apocalypse dont je serais l'unique survivant. Plus bas dans la pente, des sons aigus s'élèvent, un chuintement qui s'intensifie. Je me faufile au cœur de la jungle, écarte les branches. Maintenant ça grésille, ça crépite ! Je me concentre sur les odeurs… fer en fusion, parfum métallique qui me fait crisser les dents… Soudain, entre deux troncs élancés, la géante apparaît, jaillie d'un bouquet d'étincelles, suspendue dans les airs devant la gueule d'un monstre fantastique, une sculpture en fer forgé, plus haute qu'un immeuble. J'en reste ébahi.

Elle a roulé le haut de sa combinaison sur sa taille, un maillot moule son buste, chacun de ses gestes est projeté en ombre chinoise par le soleil qui irise ses bras nus. Jamais je n'ai vu de féminité plus triomphante, c'est une déesse ! À terre, les sept gamins surexcités s'enthousiasment en battant des mains.

— *Brava, mamma ! Brava !*

Je m'avance, hypnotisé, et me plante à côté d'eux. La géante est juchée sur la flèche d'une petite grue de chantier, retenue par un filin fixé à un harnais. Assise à califourchon, elle brandit un fer à souder qui projette une flamme bleue devant elle.

— *Brava ! Brava !*

Je joins ma voix aux leurs.

Elle relève la visière de son casque, penche la tête et se fige quand elle me découvre. Elle abaisse son outil d'un mouvement vif puis s'élance dans le vide. Le câble l'arrête à quelques millimètres du sol. Sourcils froncés, elle ôte son harnais et se dirige vers moi à grandes enjambées. Son regard lance autant de flammes que son fer à souder. Je balbutie maladroitement une phrase en anglais pour me justifier, mais elle me soulève et m'emporte dans ses bras puissants jusqu'à la maison, suivie de sa nichée que sa colère muette a rendue silencieuse.

Elle me dépose sur le lit, me fixe gravement en pressant un index sur ses lèvres et remue la tête de droite à gauche, de gauche à droite. Je comprends. Comment ai-je pu oublier la prudence ? « Tu ne peux pas sortir, personne ne doit te voir », semble dire son regard. Je hoche le menton. Alors elle se penche, ses lèvres m'effleurent furtivement le front, puis elle quitte la pièce. Je l'entends descendre l'escalier, la portière d'une voiture claque, son moteur ronfle puis ses roues s'éloignent sur les graviers du chemin.

Du couloir, les enfants m'observent. Le plus grand s'approche timidement. Les autres le suivent.

— Vittorio, dit-il en se désignant.

Puis il tend un index vers moi, l'air interrogateur.

— Heu... Miran...

Je donne mon nom de jerrican. Le visage du garçon s'illumine. Tour à tour, il me présente ses frères de sa voix pointue :

— Paolo, Alessandro, Francesco, Pietro, Tancredi i Tiziana...

— Tiziana ?

Mon étonnement l'amuse. Il pousse devant lui le plus échevelé des petits, le plus doré, le plus rieur, le plus effronté aussi, qui pointe du doigt les épis sur ma tête en pouffant dans ses mains potelées.

— *Tiziana, mia sorella !*

Je regarde la petite fille, le cœur chaviré. Je me revois à son âge, ne vivant que pour ressembler à mes frères, l'émotion me submerge. *Allez, allez, Miran, fais pas ta serpillère*, je me morigène, *tu es un homme, on t'a dit.* Alors je me reprends, interroge Vittorio :

— Mamma ? Name ?

— *Il nome di mia mamma ?*

J'acquiesce de la tête.

— Angela !

Elle s'appelle Angela. Angela, l'ange géante.

Les petits continuent à bavarder dans leur langue que je ne comprends pas et sa mélodie m'adoucit. Tiziana grimpe sur mes genoux, ses menottes jouent dans mes mèches qu'elle tente maladroitement de discipliner. Elle me chatouille. Une chaleur m'envahit, insolite. Elle enfle en moi, irradie tout mon être puis sort de ma bouche, éclate dans la pièce comme un feu de Bengale, une explosion sonore et lumineuse, irrépressible, qui m'arrache des larmes de surprise.

Je ris.

Pour la première fois depuis quatre ans.

18

C'est une halte, une escale, un souffle. Alors je me pose, m'emparenthèse et me gorge d'air.

Angela est revenue, chargée d'un sac de vêtements à ma taille et d'une paire de baskets. J'avais oublié le contact du tissu neuf sur ma peau et celui des semelles souples sous la plante de mes pieds.

La maison est perdue dans la nature, mais je reste sur mes gardes. Je suis en sursis, Angela et les enfants me cachent, tout est provisoire. Une inquiétude sourde demeure tapie en moi. Quand je ne dors pas, mes yeux restent mobiles, à l'affut. Mes oreilles sont toujours prêtes à s'alarmer et mes jambes à s'enfuir.

Moi qui voulais l'effacer, je pense souvent à l'homme que j'ai frappé. Et s'il était mort ?

S'il était mort, ce serait un cadavre de plus.

Dans ma ville en ruine, on suspendait des draps en travers des rues pour dissimuler l'entrée des immeubles encore debout aux snipers embusqués.

Derrière ces cloisons improvisées, on sortait s'approvisionner en eau potable, les garçons jouaient au foot, une petite fille, chaussée de ballerines à bride, escaladait la carcasse d'une voiture calcinée et se transformait en princesse. Cette auto, c'était son château. L'électricité se remettait à fonctionner une heure ou deux. Tout le monde se précipitait sur son ordinateur et sa recharge de téléphone. Le primeur ambulant arrivait en tirant sa charrette et les femmes descendaient à la hâte avec leurs cabas.

Un peu plus tard un hélicoptère nous survolait, des explosifs en tombaient, une fusillade éclatait, de nouvelles victimes s'effondraient et le spectacle morbide recommençait.

Chaque matin, je comptais à travers les carreaux fendus de notre taudis les morts échoués dans la rue pendant la nuit. De mon nichoir, j'épiais les volontaires ramasseurs de cadavres. Ils nettoyaient le quartier, fouillaient inlassablement dans les gravats. Ils retrouvaient parfois des corps gisant là depuis plusieurs semaines qui éclataient dès qu'ils les touchaient, gonflés par les gaz de décomposition. Tant bien que mal, ils transportaient les dépouilles dans le nouveau cimetière à côté de l'ancienne gare routière et les enterraient décemment.

La mort était partout. Partout. Puante. Elle nous grignotait l'âme, nous gangrenait.

J'aimerais prier pour celui que j'ai frappé. Prier pour son salut, pour le mien, implorer l'indulgence d'un dieu que je n'entends plus. Je suis coupable. D'avoir voulu tuer et de ne plus croire.

Je reste vigilant mais je m'amollis insensiblement. C'est ce confort, être propre, manger, boire une eau claire, la regarder couler dans l'évier, dormir dans un lit. Allumer une lampe sans crainte de me faire repérer. Oser lever les yeux et ne pas trembler à l'idée de découvrir le paysage devant moi. Je savoure cette régularité, ce long quotidien qui ne se lasse pas de renaître chaque jour, constant, équilibré. Je ne me souvenais pas que l'existence pouvait être aussi reposante. Mes fantômes restent à mes côtés, silencieux. Leur présence me suffit, nous attendons ensemble.

Angela travaille sans relâche. Elle répare, raccommode les tôles froissées, les engins détraqués, accidentés ou usés par les années. Elle relance les moteurs, restaure le mobilier, rafistole les mécaniques épuisées et les véhicules cabossés. Elle recycle, pioche dans son cimetière de quoi rendre à la vie. Elle ressuscite.

Je reste dans la maison. Je balaie, récure la salle de bains, range les chambres, range la cuisine, range le salon, range, range, range... Je me sens redevable. C'est difficile d'accepter le don, de « savoir recevoir ». Difficile de me dire qu'ici quelqu'un qui ne me connaît pas me protège, alors que ma propre mère m'a livré aux vents furieux. « Elle l'a fait pour toi », chuchote une petite voix. *Ma* petite voix. Mais elle s'étrangle, peine à y croire. Dans ces moments de violence et de manque qui m'assaillent, je sens peser sur moi le regard triste et grave de mes disparus. Celui de ma mère s'estompe, comme si elle n'osait plus, comme si je lui refusais le droit d'être là. Celui d'être morte. Alors, je retourne à toutes ces tâches simples qui m'occupent les mains. Les mains et la tête. Je mets toute ma tête dans mes mains.

Je ne sors pas, excepté quand la géante m'y autorise, en fin de soirée ou très tôt le matin. Les enfants passent leurs journées à l'école. Le soir, nous dînons ensemble. La tablée s'anime, les plats passent de main en main, les fourchettes piochent dans les assiettes. Les petits babillent, remuent sans cesse, se lèvent, se rassoient, raclent leurs chaises sur le carrelage, et leurs rires résonnent entre les murs, s'échappent par les fenêtres et font danser les astres. Je me gonfle d'amour, je me nourris et m'abreuve à leur source. Tiziana est la plus volubile, elle me noie dans son flot d'étourneau.

Angela ne parle pas, j'aime sa bulle de silence, j'ai appris à interpréter ses gestes et ses regards. Lorsqu'elle entre dans la maison, plus rien de grave ne peut arriver, tout s'ordonne et aucun drame ne semble possible.

Ici, ce n'est pas la fin du monde. La nature ressemble aux hommes qui l'habitent, rude, simple, elle se contente de peu et donne généreusement. Elle me rend à la vie.

Je croyais n'être plus qu'un bloc de peau, de nerfs et d'os. Une viande pas encore froide mais déjà morte. Il faut souffrir pour comprendre la souffrance, connaître la vraie grande peur de mourir pour comprendre la fureur de vivre et l'énergie insensée qu'elle engendre. Chez Angela, j'arrête d'avoir peur de la peur. De survivre au lieu de vivre. Je retrouve même un semblant de foi, comme un sursaut guerrier, drapeau blanc à la main. L'envie de croire en l'amour de ma mère. Quand je pense « l'amour de ma mère », ça me fait mal. Au cœur, à l'âme, au corps, partout. Je la cherche autour de moi, je brasse l'air, tournoie, elle n'est plus là. Alors je résiste à toute cette douleur qui n'en finit pas et je range. Les chambres. La cuisine. Le salon. Je range comme on lutte, obstiné, les muscles bandés.

Une histoire me revient, lue il y a longtemps. Un livre chapardé dans la chambre de mon frère Fares, la traduction française d'un roman chinois[1] qu'un professeur lui avait prêté en douce. C'était l'histoire d'un homme et de son chien dans un pays en proie à une sanglante révolution. On arrêta l'homme et le chien le défendit. Alors on écrasa l'animal sous les roues du camion qui emportait son ami loin de la liberté. L'homme n'avait plus de raison de vivre, pourtant il s'accrocha, résista. Un jour, il fut libéré et s'arrêta dans une gargote pour prendre un bol de soupe et se reposer. Là, il vit des enfants cruels battre un chien errant avec une branche. Il s'approcha pour les arrêter et son cœur bondit de joie. C'était son chien, estropié, mais reconnaissable entre tous. Son chien dans un état aussi pitoyable que le sien, mais bien vivant. En

1. *Que cent fleurs s'épanouissent*, Feng Jigai, Gallimard.

le prenant dans ses bras, c'était le monde entier que l'homme embrassait.

Ce qui leur avait permis à tous deux de survivre, c'était l'espoir. Peut-être que je survis dans le seul espoir d'un après paisible, d'un avenir possible. « L'homme est un animal comme un autre », je ne sais plus qui a écrit ça. Quand ma bestialité m'effraie, je me rassure en pensant qu'une chose au moins différencie l'homme de l'animal : hormis dans les livres, le second ne donne aucune place au futur.

Si je ne suis pas mort, est-ce parce que j'ai une existence à vivre ?

19

Les plaies sur mon corps ont cicatrisé.

Hier, Angela a coupé mes cheveux très courts.

J'ai repris du poids, mon pantalon tient sans ceinture sur mes hanches. J'ai de nouveau une forme, mais elle reste vague. Je m'esquive, évite mon contact, je me lave rapidement en fuyant mon reflet. Quand il m'arrive de le croiser dans le miroir de la salle de bains, je tressaille. Ce n'est pas moi. Ce n'est pas un homme non plus. C'est une ombre couleur de cendre avec des yeux comme des gouffres. Un masque posé sur un tronc. Un tronc posé sur des pattes et affublé de longs bras. Je ressemble à un épouvantail abandonné depuis longtemps et battu par les vents, instable, prêt à s'éparpiller. Il y a une distance infinie entre ce que je suis et ce reflet. Je n'aime pas mon image, je ne la reconnais pas, elle m'effraie. C'est mon étrangère intime... Je ferme les yeux pour ne plus me voir et ne pas me détester. Ne pas m'attendrir non plus.

Mes larmes m'exaspèrent. Dans ces moments-là, je suis plein de rancœur. J'en veux à ma mère qui m'a empêché d'être, m'a privé de consistance et m'a rendu flou. Je la rends coupable de tous mes maux.

Parfois je préfèrerais être sorti du ventre d'Angela.

Il y a une quinzaine de jours, la géante a déplié une carte de l'Europe. Il y avait une interrogation dans son regard, une question géographique. Pincement au cœur. Retour à la case voyage. Angela n'est pas ma mère. Envie de fondre en larmes, de la supplier de me garder. Elle a posé son index sur un triangle de terre, j'ai compris que nous étions à cet endroit. J'ai cherché, hésité, promené mes doigts sur la carte, et j'ai fini par trouver, j'ai pointé Paris.

Le téléphone sonne. La géante décroche, écoute et raccroche.

Elle saisit les clés de la dépanneuse sur le buffet, aussitôt les petits rappliquent, prêts à partir pour l'aventure. C'est rare ici, l'aventure, ça n'arrive pas tous les dimanches. Ils embarquent avec elle, s'entassent dans la cabine. La dépanneuse s'éloigne, la nichée à son bord, et moi, je m'assois dans la cuisine, les mains à plat sur mes cuisses. J'attends.

« DS 21 », c'est ce que je lis sur le coffre de la voiture accidentée que la dépanneuse ramène.

— *Francia, Francia !* crient les gamins surexcités en désignant la plaque d'immatriculation.

Je croise le regard d'Angela. « C'est le moment », me dit-il.

Il était écrit qu'une autre déesse m'emporterait jusqu'en France. Vingt-et-un... l'ordre minimal de la quadrature parfaite du carré, le nombre total de points sur un dé. Aucune place pour le hasard, toutes les chances de mon côté. *Elle a raison, Angela, c'est le moment ou jamais,* je me dis. Protection divine et rigueur mathématique, rien ne peut m'arriver.

Elle travaille, la tête dans le moteur, soude, redresse, remplace, répare et fabrique. Ça dure une semaine. Une semaine, puis c'est le départ.

Je me coule sous la banquette arrière de la voiture, dans la cache qu'elle m'a aménagée. Les petits tubes dans leur sachet ont retrouvé leur place sur ma poitrine, tenus par une bande large, propre et bien ajustée. Angela me montre comment actionner les loquets qui verrouillent les portières et le siège qui me dissimule, et me tend un sac à dos que je glisse sous ma tête. À mes côtés, elle entasse des bouteilles d'eau, des barres de céréales, des fruits secs, des pâtes d'amande, tout un arsenal de survie, puis elle dépose un plaid sous mes pieds. Sa main s'attarde sur ma joue. Je lis une douceur infinie dans ses yeux avant qu'elle rabaisse lentement la banquette sur moi. Je crois y lire un regret aussi.

Je ne respire pas, l'apnée est revenue. Depuis une semaine, mon cœur est à l'étroit.

J'entends un moteur qui se rapproche et je reconnais le crachotement enroué du taxi local. Le chauffeur gare sa voiture à côté de la DS, en descend et salue la géante d'un sonore « *Ciao bella !* » puis il sort des bagages de son coffre sans cesser de bavarder.

— *Grazie Tullio !* Merci beaucoup !

C'est le Français ! Il a une voix jeune et joyeuse. J'ai envie de rire et de pleurer, de bondir de ma cachette et de m'écrier : « Regardez, je suis là, c'est formidable ! Nous allons voyager ensemble jusqu'à Paris ! ».

Je me tais bien sûr, la peur tapie en moi. J'écoute les pas se rapprocher, mêlés au crissement des roulettes des valises sur le gravier. Il y a les pas lourds d'Angela, solides comme le monde, ceux amples du Français et d'autres, légers. Une femme ? Un enfant ?

La géante s'assoit derrière le volant, je reconnais son odeur. Elle tourne la clé, la voiture se soulève lentement, comme une baleine qu'on réveille, et le moteur ronronne.

— Ah, bravo ! la félicite le Français. Parfait, parfait ! J'avais peur que tout soit fichu. Elle tourne même mieux qu'avant ! Vous êtes une magicienne, Angela, *grazie mille* !

— Chéri !

C'est une femme. Son « chéri » est fin, mélodieux et chantant. C'est un « chéri » de gorge, jaune et bleu, éclatant et duveteux. Un « chéri » de mésange.

— Chéri, viens voir ! Angela n'a pas réparé que le moteur, la portière n'a plus une éraflure et elle a remplacé le rétroviseur. C'est un miracle, la DS est comme neuve !

L'homme charge leurs bagages dans le coffre, puis ils parlent encore. Dans un mélange de français et d'italien. Comme toujours, Angela ne dit rien, mais je suis certain que ses yeux sourient.

Nous démarrons. Eux devant. Moi derrière. Clandestinement.

Je pars pour la seconde fois. Coincé, plié, sans le vieux à mes côtés, sans la fille et son sac bleu. Je pars hantise au ventre, vertige en tête. Pourrai-je un jour voyager sans ressentir ce poids écrasant dans mes entrailles, ce pilon qui m'émiette ? Je pars pour là-bas. Papa, Tarek, Fares... le vieux ? Je pars ! Maman ? Je convoque mes fantômes, je veux qu'ils m'accompagnent.

Aucun d'eux ne répond.

Peut-être sont-ils las du périple... peut-être que cette terre leur convient, qu'ils s'y sentent chez eux, qui sait ? Ici commence le monde en paix qu'ils ont tant espéré. Pourquoi quitteraient-ils les oliviers argentés, la colline ocre et les buissons de mimosas ? L'air est si doux, si bleu ! Choisit-on son lieu d'arrimage quand on est un être flottant ?

Je me noue davantage.

Au premier virage, l'une des bouteilles roule et cogne contre la paroi de ma cachette. Je la bloque avec ma cuisse et j'écarquille les oreilles. Ni l'homme ni la femme ne semble l'avoir entendue, ils bavardent entre eux :

— C'est inouï, cette garagiste muette ! Je n'avais jamais vu de femme aussi gigantesque ! s'extasie la Française.

Elle rit puis reprend :

— Cette rencontre est complètement improbable ! Plus personne ou presque ne sait réparer les DS. Sans les talents d'Angela, nous serions restés coincés ici pour un moment !

— Tu n'aimais donc pas les draps verts de ce petit hôtel face à la mer ? s'amuse son compagnon.

— Bien sûr que si, répond-elle d'une voix de miel. Bien sûr que si...

J'entends leurs doigts s'enlacer. Peau touche peau.

La voiture ralentit, roule au pas, s'arrête. Ronron du moteur. Un baiser, un soupir. Longs et doux.

— Tu sais, mon chéri, murmure-t-elle, je me demande si tu ne m'as pas fait le coup de l'accident pour que nous restions quelques jours de plus dans ce paradis.

J'entends leurs regards. Cœur touche cœur.

Et soudain, gazouillis. Une volée de moineaux ! Les petits rires comme des perles.

La voix de Vittorio :

— *Buon viaggio*, madame, monsieur !

Celles de Paolo et d'Alessandro :

— *Evviva la Francia !*

Et Francesco, Pietro, Tancredi :

— *Ciao signore e signora !*

— *Ciao Miran !*

Tiziana.

— Tiens, voilà les enfants d'Angela ! s'amuse le Français.

— Ce qu'ils sont mignons tous les sept, on dirait des petits poucets ! s'exclame sa compagne. *Ciao bambini !*

— *Ciao signora ! Ciao Miran ! Buona fortuna a te !*

— Qui c'est, Miran ?

— Va savoir ! Klaxonne, ils vont adorer !

L'homme démarre doucement en donnant de joyeux coups d'avertisseur. Un concert d'applaudissements l'acclame. Il rit.

— Ils sont aussi bavards que leur mère est silencieuse... la pauvre...

— Tu ne m'as pas raconté ce qui lui est arrivé, dit la femme. J'ai entendu que tu parlais d'elle avec le réceptionniste de l'hôtel.

— C'est une histoire terrible. Il y a trois ans, le mari et le fils aîné d'Angela ont péri en mer avec un pêcheur du village. Ils tentaient de secourir une barque de clandestins qui menaçait de s'échouer sur les rochers.

— Pauvres gens, s'ils savaient...

— S'ils savaient, je crois qu'ils partiraient quand même.

L'homme soupire puis continue :

— On ne sait comment, le moteur de la chaloupe s'est enflammé. D'un coup, une torche ! Il devait y avoir du carburant un peu partout sur la coque. Ils sont tous morts. Brûlés vifs en pleine mer. Le pêcheur, le père et le fils se trouvaient à bord en train de distribuer des gilets de sauvetage. Ils n'ont pas eu le temps de rejoindre leur propre bateau. Le petit avait quinze ans, tu te rends compte ? Depuis ce drame, Angela n'a plus jamais parlé.

— C'est tellement triste... Quand j'étais enfant, j'aimais bien le mot « clandestin ». Pour moi, il était synonyme d'incognito, de mystère... c'était la promesse d'une vie secrète mais pleine d'audace, une vie de héros...

— Clandestin aujourd'hui, c'est souvent la promesse d'une vie sans destin.

— Tu vois, Grégoire, il y a des moments où je me sens coupable d'être heureuse.

Ils ne parlent plus. Je ne respire plus. Les minutes s'égrènent, pesantes et douloureuses.

— J'allume la radio ? propose l'homme doucement.

— Oui, mets de la musique.

Âme touche âme.

Blotti dans ma cachette, je ne retiens plus mes larmes.

20

Ils s'appellent Grégoire et Mathilde. Je ne sais pas à quoi ils ressemblent. Ils sont beaux, c'est sûr, comme leurs mots, leurs souffles. Ils sont pleins de soleil. Ils sont chauds. De ma cachette, j'oblige mes oreilles à s'approprier le moindre de leurs gestes pour supporter mes jambes tordues, mes bras le long des flancs, ma nuque et mon dos raides.

Je n'ose pas boire. La route est sinueuse, l'espace tellement réduit que même avec la paille que m'a donnée Angela, je crains de m'étrangler et de tousser. Mes hanches s'ankylosent, la plante du pied droit me démange, j'étouffe, j'ai besoin d'air ! Mon cou se couvre d'une pellicule moite. « Hardi, petit ! », m'encourage le vieux dans ma tête. Mais c'est tout, rien de plus. Mes fantômes n'ont pas trouvé de place à mes côtés. Mon corps est encagé, mon esprit aussi.

Sortir, sortir, sortir... L'air pénètre par les quatre petits trous qu'Angela a percés, mais ma cache est tellement étroite que je peine à y coller une narine. Le danger, c'est moi. Au moindre mouvement, mes os grincent et gémissent. Il faut de nouveau s'oublier se fondre, se caméléoniser. *Je ne suis pas un homme, maman, je suis une bête traquée.*

Je me raisonne. Tout doux, je caresse l'animal. J'accorde ma voix à mes battements de cœur et je me guide. *Respire. Prends ton temps, écoute l'extérieur, tu n'es plus prisonnier, tu es dehors.*

Je me détends, j'écoute et je vois. La main de Grégoire passe une vitesse, caresse le genou de Mathilde, relève une mèche de cheveux. Son sourire à elle embaume la DS. Il y a quelque chose de libre dans leurs voix, quelque chose qui vibre dans l'air qu'ils déplacent et me fait voyager plus léger durant quelques kilomètres. Derrière mes paupières fermées, le paysage défile. Je roule sur le ciel, le temps s'est arrêté, leur monde est à mes pieds. Sous la banquette, je flotte sur un tapis volant, j'écoute ces gens s'aimer.

Un souvenir se faufile. Il tricote ma petite laine intérieure, fredonne un air de mon enfance. Une maille à l'endroit, une maille à l'envers, je m'apaise, bercé par la voix de ma mère.

21

L'embarquement me semble interminable.

Tout à l'heure, Grégoire a annoncé à Mathilde :

— Nous y voilà ! Il ne reste plus qu'à traverser, dans moins de deux heures nous serons en Calabre.

— Tant mieux, je suis affamée ! a-t-elle répondu en riant.

— Nous grignoterons sur le ferry, si tu veux !

Depuis, j'ai faim. Le vide qui remplit mon ventre émet de sonores gargouillis. Heureusement, le brouhaha du port couvre ses protestations. Le ronflement des moteurs, le couinement des pneus lorsque les véhicules s'engagent sur le pont, ponctués par l'écho perçant des annonces que diffusent des haut-parleurs, la rumeur d'une foule piétinante, tout ceci parvient en rafale à mes oreilles. Et cette cacophonie me transmet sa fièvre.

Une sirène sonore retentit, acclamée par un flot d'exclamations joyeuses. Je sens les premiers roulis, enfin nous partons. Je respire, décrispe mon cou et mes épaules et soudain, je l'entends. Même si ses clapotis sont d'abord couverts par les voix et le bruit des pas autour de nous, ils enflent et se multiplient, tonitruent jusqu'au plus profond de mon être, hurlent et tempêtent. La mer, sournoise et ondulante, lèche la coque de notre bateau.

Déferlantes d'images grises. Chez Angela, j'avais fait un pas hors de ma vie, mais à présent, je repense au vieux, à Tarek et à Fares engloutis par les eaux. La banquette au-dessus de ma tête me fait l'effet d'un couvercle scellé, ma cachette d'un tombeau. Je ne veux pas prendre la mer enfermé là-dedans ! Une onde glacée m'envahit et, devant moi, le vieux dévale le mur de la gigantesque vague. J'ai peur de la mer, peur de la mort, peur à en crever !

Ne te laisse pas submerger. Aujourd'hui, il n'y a pas de tempête, la mer n'est pas ton ennemie. C'est ce manque de place, la faim et la soif qui amplifient les choses. Chasse les cauchemars, oublie !

Grégoire et Mathilde sortent de la DS, verrouillent les portières et partent se restaurer. Je soulève le siège de quelques centimètres, mes yeux se familiarisent lentement avec la lumière, j'ouvre une bouteille et la vide, d'une traite. L'eau qui cascade dans ma gorge me fait l'effet d'un geyser sur un brasier. Elle nettoie mon intérieur, ruisselle, vidange, évacue la boue des terreurs et des désespoirs, me débarrasse de cette fange. Je bois comme on se rince. À grands jets.

Bon, ça va mieux, l'hommelette ? Tu as fait ton petit ménage ? Allez, mange, remplis-toi d'autre chose que de souffrances. La mer est calme, le ciel est bleu, les mouettes planent, pas de danger à l'horizon.

Est-ce que tous les gens seuls se parlent à eux-mêmes ? Est-ce que tous ceux qui ont peur se font la conversation ?

Je dévore deux barres de céréales. J'étire mes membres, puis je me rallonge en laissant quelques millimètres de jour entre le siège et la paroi de mon coffre. Les yeux accrochés au cuir fauve de la banquette, je m'efforce de ne plus penser à toute cette eau sous le bateau. J'aimerais que des bras me bercent, m'enroulent de douceur. Je voudrais une histoire. Une histoire de mon père. Pour que des portes s'ouvrent sur mon horizon clos.

Je ferme les yeux, gonfle la poitrine, écarte les parois de mon cachot. Je plonge dans le passé, loin, loin, jusqu'à entendre la voix aimée. Au fond du jardin, je suis étendu sur une natte entre mes parents et mes frères. La guerre n'existe pas et mon père conte dans la chaleur d'une nuit d'été...

« Idriss, Farid et Younes vivaient dans un royaume d'Orient sur lequel brillaient chaque nuit l'étoile et le croissant. Les trois amis étaient de jeunes magiciens vertueux, pleins de grâce et de talent. Idriss possédait un miroir dans lequel on pouvait lire l'avenir. Farid un tapis de cachemire qui volait plus vite que le vent, et Younes connaissait la recette du philtre qui rend verdeur de vie, celui qui permet aux mourants et aux morts de renaître, aussi vifs que de jeunes pousses. »

Les doigts de mon père ondulent comme des feuilles sur une tige, puis il poursuit :

« Nos trois magiciens étaient secrètement épris de la même jeune fille, mais ils étaient trop humbles pour oser le lui dire. Ils sillonnaient le pays et quand ils arrivaient quelque part, tous se réjouissaient des bienfaits qu'ils allaient apporter. Un soir, alors qu'Idriss interrogeait son miroir, il y découvrit, effrayé, l'image de la jeune fille. Ses paupières étaient closes, son teint pâle et son souffle plus fragile qu'une brise. Aussitôt, le jeune homme avertit ses compagnons du danger de mort qu'elle courait. “Partons sur mon tapis volant, nous serons à son chevet dans l'instant !”, proposa immédiatement Farid. En un rien de temps, tous trois se retrouvèrent aux côtés de la jeune fille qui gisait inanimée. Alors Younes déposa sur ses lèvres quelques gouttes du philtre qui rend verdeur de vie et ses joues se teintèrent d'un rose délicat, sa chevelure retrouva son éclat, ses longs cils frémirent et elle ouvrit les yeux. »

Souffles suspendus dans le silence étoilé. Mon père se tait, le temps de nous laisser savourer l'instant. Puis il reprend :

« À votre avis, lequel des trois magiciens la jeune fille choisit-elle d'aimer ? »

« La jeune fille, qui est-elle ? », je demande.

Il se penche sur moi...

« La jeune fille, c'est toi, tes frères, ta maman, c'est moi… c'est celui qui écoute le conte, qui le reçoit et le fait sien… Alors, qui choisirais-tu d'aimer ? »

Sa voix se volatilise sur la question. Mais la féerie reste avec moi.

À l'époque, j'aurais voulu aimer les trois magiciens. Mais devant l'obligation du choix, j'avais élu Idriss et son miroir qui reflétait l'avenir. Je n'imaginais pas alors que je pourrais y découvrir tant de douleurs… j'en serais mort d'épouvante. Il ne faut rien savoir du futur sinon nous avancerions à reculons.

À présent, est-ce que je choisirais Younes et son philtre qui rend verdeur de vie ? Il ressusciterait mes morts et tous ceux de mon pays. Ce serait un miracle. Nos tortionnaires cesseraient les massacres et s'inclineraient devant le prodige.

Non… jamais ils ne se prosterneraient. Ils enrageraient et recommenceraient. Plus fort. De la verdeur de vie, ils feraient un paysage brûlé. Ils épuiseraient la sève, massacreraient jusqu'aux racines, jusqu'à ce qu'il ne reste qu'eux. Alors, ils s'affronteraient dans un ultime combat et disparaîtraient dans un grand néant. Je resterais là, au bord du gouffre béant, le flacon vidé de son philtre à la main.

J'entends la clé dans la serrure, je rabats silencieusement la banquette sur ma tête, Grégoire et Mathilde remontent dans la voiture. La DS se soulève, s'ébranle et roule au pas jusqu'au quai. L'air s'emplit du parfum du continent, nous repartons.

Si je ne choisis ni Idriss ni Younes, il ne reste que Farid. Où irais-je en un instant sur son tapis volant ? En France. *Et une fois en France, que ferais-tu ?* je m'interroge. *Que feras-tu, une fois là-bas ?* C'est la question que je n'ose formuler depuis mon départ. Ça peut sembler incroyable, mais j'ai peur de penser à l'arrivée. L'idée même de ce jour me panique. La seule chose qui compte, c'est de me diriger à tout prix vers l'objectif, en évitant soigneusement de me projeter dans ce moment où je l'atteindrai. Voler vers le but en le laissant dans le brouillard.

À l'étroit dans ce coffre, je me dis que je ne peux préférer aucun des magiciens. Car ce ne serait pas l'homme que je distinguerais, mais son pouvoir. Les êtres, il faut les chérir pour ce qu'ils sont, non pour ce qu'ils ont.

L'énigme du conte, c'est peut-être un résumé de ce qui se passe dans nos têtes du début à la fin, des grands désirs de nos vies... L'homme jeune choisit l'avenir, il veut le connaître, il est curieux de tout et il a peur de l'inconnu, l'idée de maîtriser son futur le rassure... L'homme mature voudrait être ici et là, partout en un instant, parce qu'il commence à prendre conscience du temps compté qui est le sien, du vaste monde à découvrir et de l'immensité à accomplir. Puis, la mort approchant, son devenir n'étant bientôt qu'un souvenir, le vieillard rêve à la vie.

Je ne choisis rien. Il faut croire qu'en ce moment, je ne suis même plus vieux.

22

J'écoute le souvenir de mon père raconter des histoires jusqu'au soir. Sa voix me cajole et me fait oublier mes crampes et ma prison.

Il est tard, Grégoire et Mathilde s'arrêtent dans un village. Ils parquent la DS dans un hangar à côté de la maison des amis qui les ont invités pour la nuit, je les entends en discuter.

J'attends longtemps, tapi sous la banquette. Une heure, deux peut-être. Un hibou ulule, je soulève mon couvercle, sors ma tête, mon cou, dégage mes épaules puis, petit à petit, le reste de mon corps, lentement, aux aguets. Je soulève le loquet de la porte arrière, tourne la poignée et sursaute. Le plafonnier s'est allumé. Vite ! Je l'éteins d'une poussée de l'index, plonge dans ma niche, rabats le siège, et j'attends, j'attends, j'attends. Je me suis inquiété pour rien. Je n'entends que le silence des lieux endormis et le long cri de l'oiseau de nuit.

Je me coule de nouveau hors de ma cache. Pas de gardien, personne. Les premières maisons sont à trente mètres au moins... Des volets fermés, des portes closes, des façades immobiles. Je sors au ralenti et fais quelques pas, prêt à détaler au moindre bruit. Mon ventre se tord, je cherche un coin. Il y a des rois et des mendiants, il y a des princes et des êtres sans gloire, mais tous ont en commun ce long tuyau qui sinue dans leur ventre et les oblige chaque jour à revenir humblement à leur condition animale. Je me soulage comme une bête derrière un buisson, je m'essuie avec des feuilles, comme un homme.

Je marche un moment à l'opposé des habitations en longeant un muret. Plus loin, un grand champ s'étale, presque phosphorescent, illuminé par je ne sais quel phénomène surnaturel. Je lève la tête. Au-dessus de moi, scintille la voie lactée. Je la regarde longtemps, fasciné, elle m'engloutit. Je ne suis plus celui qui contemple les étoiles, je deviens chaque étoile et le cosmos tout entier. Je ne respire plus de la même manière. Je sens la pulsion du ciel, nous sommes à l'unisson, en fusion. Puis il y a un coup de vent, les arbres au fond du pré se mettent à bruisser et j'ai peur subitement, et froid.

Je retourne jusqu'au hangar et je mange, bois, mange encore, me goinfre. Comme si bourrer mon ventre d'amandes, de noix et de pâtes de fruits pouvait déloger l'angoisse. Je cherche une branche feuillue et, à tâtons, efface les traces de mon passage sur le sol terreux. Je glisse la branche sous la voiture, retourne à l'intérieur, ferme silencieusement la porte, pousse le loquet, me coule dans ma cache et je m'endors, un sourire rassasié aux lèvres.

Le hibou ulule dans mes rêves... plusieurs fois...

La pression d'un doigt sur mon front me réveille. Je fais un bond, celle qui m'a touché aussi. En une fraction de secondes, je réalise que j'ai mal rabaissé la banquette. Les yeux écarquillés, je dévisage la fille qui m'a découvert, puis nous hurlons ! Exactement en même temps *et* le même temps, soit quatre secondes environ. Aussitôt, j'entends du monde arriver, je lance à la fille un « chut » féroce accompagné du regard le plus cannibale qui soit, « si tu parles, je te bouffe », et je rabats le siège sur moi.

Une voix de femme.

— Julia ? *Un problema ?*

— *Cosa sta succedendo ?*

Là, c'est un homme.

— *Perché hai gridato ?*

— *Cos'hai ?*

— *Ti sei fatto male?*

— *Allora ?*

Ils pressent la fille de questions. Qu'attend-elle pour répondre ?

— Qu'est-ce qu'il y a ?

Voilà Grégoire, tout essoufflé.

— Ça va, Julia ? Quelque chose t'a fait peur ?

— *Un ragno, c'era un ragno sul sedile, uh, no, sulla portiera ... Un grosso ragno, ma non c'è più.*

Les adultes rient.

— Alors ? crie Mathilde au loin.

— Une grosse araignée a terrorisé Julia ! La pauvre, elle est blanche comme un linge.

On s'agite encore un peu autour de la voiture, quelqu'un entre à l'intérieur. J'entends un souffle, respire une haleine à l'odeur de tabac froid. Je devine le regard qui balaie les sièges, le tableau de bord, le plafond, le sol. Un énorme caillot obstrue ma gorge, mon corps se désagrège. Je me dilue comme une motte de terre sous l'ondée. L'inconnu sort de l'habitacle, satisfait de son inspection. Je suis une flaque de boue.

Je reste une flaque de boue longtemps, très longtemps. En moi résonne un silence abyssal. La DS ronfle, avale les kilomètres comme une baleine filtre du plancton. La journée passe. Grégoire et Mathilde piqueniquent à côté de la voiture, remontent, repartent, discutent, s'arrêtent de nouveau, Grégoire fait le plein et le moteur, nourri jusqu'à la garde, vrombit de plus belle. Qu'importe ? Je me dissous, figé... les bruits, les chaos, les odeurs, tout se rétracte, le monde autour de moi bat en retraite pour mieux m'isoler. Je me séquestre, j'erre en solitaire et j'ai la sensation qu'il en sera ainsi pour l'éternité. Je n'ai nulle part où aller. Est-ce une existence de peur immense qui m'attend ? Vais-je devoir toujours me cacher ? Vivre comme un rat dans des trous à rat, courir comme un rat, trembler comme un rat, jusqu'à tomber dans un piège qui me décapitera ?

« Mais qu'est-ce qui t'a pris ?

— C'est vrai, tu le savais qu'il fallait être prudent !

— Le vieux te l'a dit !

— Je te l'ai dit ! Vigilance ! Méfiance !

— Ta mère te l'a dit !

— C'est vrai, je te l'ai dit !

— Et toi ? Qu'est-ce que tu fais ? Tu regardes les étoiles, tu te gaves de sucreries et tu t'endors à découvert !

— Comme ça, tranquillement !

— On croit rêver !

— Tu t'es cru en vacances ?

— Et maintenant, tu te laisses aller !

— On peut savoir pourquoi ?

— Franchement, on se demande !

— Réveille-toi, ce n'est pas le moment d'hiberner ! On n'est qu'en septembre !

— Tu ferais mieux d'écouter autour de toi, petit !

— Depuis cinquante kilomètres, on ne parle plus italien...

— Ça sent la Côte d'Azur, mon étoile, les bois de caroubiers... La route serpente, d'un côté la falaise toute blanche piquée d'aloès, de l'autre une rivière de diamants sur la mer...

— Il y a un parfum salé d'algues, de thym et de pins. Ça sent un peu comme chez nous.

— Tu entends les cigales ?

— Tu es en France, petit, tu es en France !

— Tu y es arrivé !

— Bravo mon étoile !

— On est tellement fiers de toi.

— Je savais que tu trouverais la force, je le savais. »

Ils sont tous là, à gesticuler dans ma tête. Je les entends, je les vois ! Leurs visages s'enflamment, leurs rires cascadent... mes bons morts me rendent à la vie. Les morts ne sont vraiment morts que lorsque les vivants les ont oubliés. Moi, je me sens vivant quand mes morts pensent à moi. Ils me ramènent au présent, m'ouvrent les yeux, les narines, les oreilles, la conscience ! Ils ne m'avaient pas abandonné, ils attendaient, confiants, que j'arrive à destination.

Il y a Tarek et Fares, leurs yeux luisants et leurs belles dents blanches. Il y a mon père, il y a ma mère, leur sourire de miel... Et le vieux et son regard de hibou. Il ululait la nuit dernière, je ne l'ai pas reconnu. Alors, je pousse un rugissement de bête sauvage, un cri de victoire que je réprime avant qu'ils ne franchissent mes lèvres, mais qui explosent dans ma tête. J'attire contre moi ceux que j'aime, qui sont là et me sauvent toujours et je les étreins si fort et si longtemps que je pourrais mourir d'amour.

23

Il y a deux heures environ, tout s'est arrêté. J'ai senti un flottement, puis le temps a repris son cours. Mais j'étais définitivement sorti d'un monde.

J'en ai brusquement pris conscience. Jusque-là, même dans les pires moments, je m'étais laissé guider. Faire ceci, se cacher là, être celui-ci, ne pas respirer et se taire. Je suivais le mouvement qu'on me donnait, j'avançais dans le sens des aiguilles de la montre que d'autres remontaient pour moi... Bien sûr, je me défendais en cas de danger, je me révoltais ou pleurais quand la frayeur était trop grande ou le désespoir trop profond. L'instinct de survie prenait le dessus, mais en moi subsistait une part d'innocence et une dépendance.

Il y a deux heures environ, mon voyage s'est achevé.

Après la route, il y a eu les rues, la ville nous a contraints à ralentir, les voix de Grégoire et Mathilde étaient plus sonores, chargées d'impatience. Puis le moteur s'est éteint. Ils ont sorti leurs valises du coffre en bavardant et j'ai entendu leurs pas s'éloigner. « Adieu et merci », je leur ai murmuré.

Je suis arrivé.

Mon ventre se tord. Vite, je chasse le nœud avant qu'il m'enserre trop fort. *Non !* je dis. *Non, je n'ai pas peur.* Je vais marcher dans les pas de mon père, respirer son air, voir ce qu'il a vu ! *Et ensuite ?* Ensuite, je ne sais pas, je m'en moque, je me débrouillerai. Je veux trouver la tour Eiffel. Durant toutes ces semaines, inconsciemment, c'est vers elle que j'ai progressé, vers cette flèche aux quatre faces en A majuscule pointant le ciel limpide. « A » comme « Arrivée » piquée, telle une épingle sur une carte, pour marquer la fin de mon itinéraire.

Je prends mon temps. Mes fantômes m'ont rechargé pendant des kilomètres, je me sens à l'aube d'une ère nouvelle, plein de volonté et d'énergie. Pour une fois l'envie est la plus forte.

Réveille tes articulations, débloque tout ça, ouvre les côtes... Voilà, c'est bien... Allez, courage ! Avale ta salive... moins vite, tu vas t'étrangler ! Tousse un coup ! Tu te sens mieux ? Maintenant, respire. L'air entre, sort, il t'irrigue, oxygène tout ton corps...

Mes organes en pause depuis trop longtemps me font souffrir, ça n'a pas d'importance, au contraire, je me sens vivant. Je bouge lentement en attendant que mes muscles se détendent. Je mange, je bois et j'inspecte les alentours. La DS est garée entre d'autres voitures dans un parking souterrain. J'attrape le sac à dos que m'a donné Angela, je suis tenté de l'ouvrir, mais je renonce. J'ai peur de me laisser envahir par l'émotion. Je verrai plus tard, pour l'instant, je n'ai pas de place pour les souvenirs. Je glisse le reste de nourriture et une bouteille d'eau dans une poche vide sur le côté, je roule le plaid, le coince dans les bretelles contre mon dos et m'assure que le plafonnier ne risque pas de s'allumer. Ensuite, je lève le loquet, ouvre la portière avec précaution, pose mes pieds par terre, et la referme discrètement derrière moi. Impossible de la verrouiller de l'extérieur, tant pis, Grégoire pensera qu'il a oublié de le faire...

Tous les parkings souterrains du monde sont construits de la même façon. En escargot. Pour en sortir, il suffit de parvenir au sommet de la coquille. Je prends soin de marcher souplement, sans faire crisser mes semelles, en longeant les murs. Un panneau m'indique que je me trouve au troisième sous-sol. En approchant du premier niveau, je rabats la capuche de mon pull sur ma tête, me plaque contre un poteau et risque un œil vers la rampe de sortie. Il y a un homme dans un petit local à droite de la barrière, sans doute le gardien. Face à une rangée d'écrans de surveillance, il penche la tête, le regard rivé sur un téléphone qu'il tient dans sa main. Impossible d'actionner le portail sans me faire remarquer. Je recule prudemment et lève les yeux. Une caméra me fixe de son petit œil noir et rond de cyclope. Je panique une seconde et brusquement je réalise que personne n'est lancé à ma poursuite, que nul ne me connaît et ne sait d'où je viens. Je suis un fugitif mais un fugitif anonyme. J'ai rasé les murs comme quelqu'un qui se cache, c'est ce type de comportement qui attirera les soupçons. Dans un parking souterrain, un individu ordinaire emprunte l'accès piéton.

Je ne cherche pas longtemps la cage d'escaliers. À gauche les marches, à droite un ascenseur. Je choisis l'ascenseur. Des années que je n'en ai pas utilisé ! En appuyant sur le bouton du rez-de-chaussée, j'ai l'impression d'être un gamin qui se rend pour la première fois dans une fête foraine. Le miroir me renvoie le reflet d'un garçon maigre et livide aux vêtements froissés. Mais son regard n'est plus un abîme sans fond, il est animé d'un feu. Joyeux, puissant et crépitant.

« Rez-de-chaussée », susurre une voix féminine.

— Rez-de-chaussée, je répète en souriant.

Je me débarbouille dans les toilettes, aplatis mes cheveux, me tapote les joues et lisse mon pantalon. Derrière la porte en verre du hall d'entrée, il y a la ville. Je m'y engouffre. Saisissement. Mon corps se remplit soudain de soleil, de bruits et de mouvements, je titube. De nouveau le temps se suspend. Je reste debout, planté dans cette rue. Les gens se déplacent autour de moi, les autos filent sur la chaussée, klaxonnent, les deux-roues pétaradent, une lumière rousse se déverse sur les trottoirs et chaque ombre prend des dimensions irréelles. Je n'ai pas le réflexe de disparaître ni celui de me cacher. J'ouvre grand les yeux sur la liberté. Une seconde d'éternité.

Devant moi, il y a une affiche, une publicité pour un parfum. Une femme tient le flacon dans une main et de l'autre couvre sa poitrine. Hypnotisé, je regarde son corps dénudé, son corps et ses courbes. Des femmes, il y en a partout dans la rue. Certaines portent des jupes courtes et des chaussures à talons. Au-dessus des talons, dans le prolongement des chevilles, je vois leurs mollets, leurs genoux et leurs cuisses. Leurs cuisses. Mes narines palpitent dans leur sillage, leurs parfums embaument l'atmosphère.

Chez moi, les femmes ont perdu leurs couleurs et leurs regards sont fatigués. Elles sentent la sueur et la misère. L'eau, sans cesse coupée, est devenue tellement rare qu'on préfère la garder pour boire et cuisiner. Laver le linge et le corps est devenu un luxe. Les femmes ne sont plus que des silhouettes vagues, sans visage et sans chevelure, qui disparaissent sous les voiles noirs qu'elles sont contraintes de porter. Partout où il y a des mères, des sœurs ou des filles, des murs ont poussé. Devant chaque ouverture, des hommes ont mis des rideaux, des grillages ou des volets. Ajouté des paupières à leurs paupières et rétréci leur vue. Du monde, elles n'ont qu'une vision syncopée, faite de lignes brisées et d'images hachées.

Je regarde, je m'emplis, je m'enflamme. Je dévore le corps des femmes. Si je pouvais, je me mettrais à genoux et je pleurerais.

Je finis par avancer, encore étourdi. « Rue Duquesne », écrit en lettres blanches sur une plaque bleue. Personne ne regarde personne, les gens sont pressés, ils ont des choses à faire, des endroits où aller, ils ne font pas attention à moi. La tour Eiffel... je me raccroche à elle et marche au hasard, dépassé par le trop mais en écarquillant les yeux parce que tout est beau. La ville vit sa vie de ville, le monde roule, le monde marche, le monde monde. Ce pourrait être un verbe conjugué, « monde », ce serait plus fort, plus grand qu'exister, plus profond que respirer, plus intense que tourner, ce serait les trois à la fois... être une toupie vivante et animée qui jamais ne s'arrêterait, une graine qui pousserait librement et fleurirait en tourbillonnant dans l'espace... Le monde *monde* et j'ai la sensation de comprendre à quoi pourrait ressembler ce quelqu'un que ma mère voulait que je devienne. J'ai la soudaine conscience que ma vie m'appartient désormais, que personne n'en remontera plus le mécanisme pour moi. C'est un sentiment vertigineux, vaste et effrayant.

« Avenue Maréchal Foch », « Avenue Maréchal de Saxe ». Je lis les panneaux. Ils indiquent un parc, une préfecture, une gare... un quai. Je choisis le quai. À cause de l'eau, parce que l'eau coule et va quelque part, et parce qu'à Paris coule la Seine...

Sous le pont Mirabeau coule la Seine
Et nos amours
Faut-il qu'il m'en souvienne
La joie venait toujours après la peine
Vienne la nuit sonne l'heure
Les jours s'en vont je demeure

Mon père disait les vers d'Apollinaire comme on chante, pour le plaisir de la mélodie.

« La joie venait toujours après la peine... »

Les berges du fleuve sont paisibles, les péniches flottent, des fleurs sous leurs fenêtres, les passants ont une démarche plus nonchalante, quelques-uns courent en tenue de sport, des enfants s'élancent sur leurs rollers... J'aimerais leur ressembler, faire partie de ce lieu, en être acteur et spectateur, auteur et lecteur.

J'avise un garçon de mon âge qui téléphone assis sur un banc. À lui, je pourrais parler. J'hésite. « Attention à ton accent, si tu penses dans ta langue, il sera plus marqué », me disait mon père. Je m'approche. Je n'ose pas. Je m'assois sur le banc en l'observant discrètement. Il est grand, mince, il a la tête inclinée, ses cheveux dissimulent son visage, la peau très pâle de ses mains est parcourue de veines fines et bleues, il a de longs doigts. Il lève brièvement les yeux sur moi puis retourne à sa conversation. Il est plus âgé que je ne le pensais. Il dit « salut, à demain ! », raccroche et pianote sur son clavier.

Dans dix secondes, je me lance, je lui demande de m'indiquer la bonne direction. Je laisse mon regard errer sur le paysage, il s'attarde sur la colline qui s'arrondit derrière les immeubles, de l'autre côté du fleuve... Dans cinq secondes...

Et puis mon cœur bondit parce que je la vois. Posée là-haut, elle ressemble à un jouet égaré, dérisoire. Elle dépasse à peine l'église blanche, poudrée de soleil, qui se dresse majestueusement à sa gauche.

— *Hiya saghira lil ghaya !*

J'ai parlé dans ma langue. Mon voisin relève la tête.

— Pardon ? s'étonne-t-il.

— Heu... Elle... elle est... minuscule, je bafouille en français.

J'ai honte de mon accent et de ma voix trop aiguë.

— Tu parles de qui ?

— De la tour Eiffel !

Je la désigne.

Il écarquille les yeux.

— Mais d'où tu débarques, toi ?

Je ne comprends pas bien alors je ne réponds rien, mal à l'aise. Une vague de chaleur me brûle les joues.

Je pointe le fleuve de l'index :

— La Seine ?

— Non, le Rhône.

— Et là-haut ?

— C'est Fourvière, la basilique.

— Et à côté ?

Il sourit.

— Ah désolé, c'est pas la tour Eiffel. On dirait la même en plus petit, c'est vrai, mais c'est seulement une antenne relais. La nuit, elle est illuminée.

Il me dévisage, détaille le sac sur mon dos et le plaid roulé qui dépasse de chaque côté.

— Tu pensais vraiment être à Paris ?

— ...

— T'en fais pas, c'est pas si terrible, tu t'es seulement planté de quatre cent soixante kilomètres ! Ici, on est à Lyon.

TROISIÈME PARTIE

24

Je me suis trompé, je ne suis pas à Paris, je ne suis pas arrivé.

Tout se contracte et se ferme en moi. Une buée salée se dépose au coin de mes cils.

« Tu ne peux empêcher l'oiseau de la tristesse de voler au-dessus de ta tête, mais tu peux lui interdire de faire son nid dans tes cheveux », murmure mon père.

Je ne suis pas triste, je proteste silencieusement. Puis je passe une main sur mon crâne pour chasser le volatile.

Le garçon est retourné à son téléphone, le soleil m'aveugle, le flot des passants m'étourdit, je suis perdu.

Allez, Miran, réfléchis ! je m'encourage. *Tu en as vu d'autres, c'est pas le moment de flancher. Tu es un homme, ou quoi ?*

Je fais le fier mais la peur est de retour avec la sueur qui perle entre mes omoplates et les battements de cœur affolés dans ma poitrine. J'étais euphorique, je me prenais pour un roi, j'étais persuadé d'avoir définitivement basculé dans l'autre monde, celui où les dangers s'effacent et où la paix illumine les visages. Je voulais simplement trouver la tour Eiffel et renaître. Comme si les choses se passaient de cette façon ! La liberté ne tombe pas du ciel, elle se gagne pas à pas, elle éprouve celui qui veut s'en emparer sous prétexte qu'elle est à portée de main, le relègue à sa place d'animal rampant et le met à l'épreuve. D'où je viens, la liberté ne coule pas de source, elle se mérite. Pour la conquérir, il faut s'en montrer digne.

Je tourne la tête vers le garçon.

— Excusez-moi, Paris, quelle direction ? j'articule.

Il pousse un soupir discret et relève les yeux. Son regard n'est pas hostile mais je sens que je le dérange. Il lève le bras, hésitant, puis esquisse un geste vers la gauche.

— Heu... si tu prends l'autoroute, je crois que c'est par là. Sinon la gare est à cinq cents mètres derrière nous. Peut-être un peu plus.

Il se lève, m'adresse un vague signe de la main et s'éloigne sans un mot. Je sors la bouteille d'eau de mon sac, en bois une gorgée puis la range, les mains tremblantes. J'ai l'impression que tout le monde me regarde et de nouveau la chair de poule me glace le sang. Alors je pars à mon tour dans la direction que le garçon m'a indiquée.

Pour mes huit ans, mes parents m'avaient offert une magnifique montre. Elle était ronde et bleue comme une planète. Sur le cadran on pouvait lire, écrit en français : « La terre n'est pas une vallée de larmes ». J'ignore pourquoi ce souvenir me revient à cet instant, mais ce que je sais, c'est que je ne vais pas laisser la réalité anéantir mes rêves.

Je peux tout.

J'ai vaincu la mort qui ronge la ville, les balles sifflantes et les obus, j'ai vaincu le désert et les montagnes, les hommes fous qui crachent leur bile et assassinent, j'ai vaincu la sècheresse dans mon ventre, ma gorge et mon cœur, j'ai vaincu la terreur et les cauchemars, j'ai vaincu l'ogresse et son sel acide. Je peux tout. Même permettre à mes rêves de changer la réalité. J'irai à Paris. La terre n'est pas une vallée de larmes et mes jambes seront mes armes.

J'ai de nouveau la rage de vaincre, je marche à grands pas, droit devant moi dans le soleil rasant, en guettant l'apparition miraculeuse de l'autoroute pour la capitale.

Une femme me frôle. Je ne distingue que sa silhouette à contre-jour, mais son parfum me happe et je suffoque, ouvre une bouche de poisson échoué, le corps secoué par l'émotion. Elle embaume la fleur d'oranger.

Je me retourne malgré moi pour la suivre du regard jusqu'à ce que la foule la happe et qu'avec elle s'évapore instantanément mon courage et ma détermination. Je continue le long du quai en me disant que le garçon m'a raconté n'importe quoi pour se débarrasser de moi. Le fleuve n'en finit pas de couler, la ville dressée de chaque côté, et les panneaux indiquent « LYON-Centre », « LA CONFLUENCE », « LA MULATIÈRE OULLINS » et « A7 (MARSEILLE) ». La nuit tombe, le ciel devient pourpre et le fleuve anthracite. Je traverse un pont, l'eau bouillonne sous mes pieds et j'ai le cœur liquide. Je reviens sur mes pas et je m'enfonce dans les rues.

Ma mère achetait son parfum au souk. J'aimais l'accompagner dans ce labyrinthe de ruelles aux plafonds de briquettes rouges. Dès que nous franchissions les portes de l'épaisse muraille qui enserrait la vieille ville, une fraîcheur minérale nous enveloppait. La lumière du jour, filtrée par des tuiles en verre épais, dispensait une pénombre irisée. La foule des badauds, des petits ânes surchargés et des marchands tirant des brouettes s'écoulait sans heurt malgré son allure pressée. J'avais la sensation de pénétrer au cœur d'un monde enchanté et millénaire où les échoppes, percées dans les murs, déversaient des flots de soieries chamarrées. Nous passions devant les étals des bijoutiers et là, c'étaient des rivières d'or, de colliers et de bracelets qui se répandaient. Les parfumeurs étaient installés plus loin, du côté des hammams. Les fragrances boisées de cèdre et de santal, mêlées aux effluves de la myrrhe et du musc, m'enivraient. Mais le parfum que je préférais, c'était celui que choisissait ma mère. Il avait les notes fraîches et suaves de la fleur d'oranger.

J'erre au hasard entre les immeubles, les yeux égarés, la mâchoire serrée. Je marche jusqu'à l'épuisement. Sur les murs s'affichent des publicités géantes où des hommes et des femmes sourient en brandissant des téléphones, des bouteilles de jus de fruit ou des flacons de shampoing. Ils ont l'air heureux. Les magasins sont fermés mais leurs vitrines restent allumées. Une dame tenant un chien en laisse me dépasse, il flaire mes jambes et grogne sourdement. Sans me regarder, sa maîtresse le tire et l'oblige à avancer. J'ai froid, je tourne en rond, je suis fatigué, je ne sais pas où aller. Un groupe d'hommes me bouscule.

— Hé, toi, regarde où tu marches !

Ils titubent, l'haleine chargée d'alcool.

Je presse le pas. Devant un bar, des filles habillées de vêtements moulants rient aux éclats. À côté d'elles des garçons parlent fort en faisant de grands gestes. Par moment leurs mains atterrissent sur les fesses de leurs compagnes et elles poussent des cris suraigus. Contre un mur, un couple s'embrasse à pleine bouche et se caresse sans pudeur. Je détourne les yeux, change de trottoir et oblique dans une rue déserte. L'écho de mes semelles sur le bitume m'affole, alors je me mets à courir, complètement paniqué. Je voudrais retourner chez Angela, tout est hostile dans cet endroit, qu'est-ce que je fais là ? J'ai l'impression d'évoluer dans un dédale sans fin. Cette ville est un piège, personne ne me poursuit mais j'ai la sensation d'être traqué.

Je reprends mon souffle à l'entrée d'un parc et me débarbouille au robinet d'une petite fontaine.

L'eau glaciale me raidit les doigts et m'envoie des décharges dans les membres. Mon âme chavire, tout vibre en moi et me lance des signaux de détresse. Des milliers de fois, j'ai rêvé à ce moment où je poserais mes pieds sur le sol français, mais la réalité n'a pas la couleur de la victoire. Mes morts sont muets et la solitude m'empoigne à la gorge. Je voudrais que le vieux soit à mes côtés, qu'il me rassure et me guide. J'imagine ses yeux ouverts au fond de la mer déchaînée, son corps gonflé et blafard. Cette image me fait tellement mal que mon ventre est comme transpercé par des dizaines de lames. Je m'affale dans l'herbe.

— Ça va pas, mon pote ? T'es malade ?

Je sursaute et me retrouve sur mes jambes en moins d'une demi-seconde.

Le garçon qui m'a parlé doit avoir deux ans de plus que moi, des cheveux dressés en couronne sur la tête et un visage encore enfantin, creusé de fossettes. Tout est immense chez lui. Ses pieds, ses jambes, ses bras et son sourire. Le réverbère le plus proche est à une dizaine de mètres, mais son visage irradie. Un soleil s'est invité dans la nuit.

— Moi, c'est Mahamadou, se présente-t-il simplement.

Il me tend la main et je la serre sans hésiter. Dans son regard, je lis que nous sommes frères d'exil.

— Miran, je dis.

— Tu cherches le camp ? m'interroge-t-il.

— Quel camp ?

— Tu as un endroit pour dormir ?

— Non.

— Alors, suis-moi.

Je lui emboîte le pas. Mahamadou est mon phare.

25

Le parc est immense, Mahamadou bifurque dans une allée, je trottine derrière lui.

— Tu es venu en avion ou tu as fait l'aventure ? me demande-t-il en se retournant.

L'aventure. C'est ainsi qu'il appelle la route et la traversée. L'aventure...

— L'aventure, je dis.

Il ralentit, adapte son allure à la mienne.

— Moi aussi. J'ai mis dix mois pour arriver en France. Ma mère et mes sœurs sont restées au pays, je suis parti avec mon père.

Il marque une pause et déglutit.

— Il est tombé du bateau. Après, j'ai continué tout seul.

Mon ventre se noue. Il se recueille un instant.

— Tu connais quelqu'un à Lyon ?

— Personne, je réponds.

Et très vite, j'ajoute :

— Je veux aller à Paris.

— Quelqu'un t'attend là-bas ?

— Non. C'est... mon père voulait rejoindre Paris.

— Alors tu dois y aller, dit-il.

En silence, je le remercie de comprendre.

— Tu as des papiers ?

— Non.

— Prends pas le train, il y a des contrôles. Le bus c'est plus sûr, mais pas complètement.

— Et par la route ?

— Oui, c'est bien avec Blablacar !

— Blablacar ?

— Le covoit'. Tu paies quelqu'un qui fait le trajet avec son auto et qui t'emmène. Ça coûte pas cher.

— Un passeur ? Je ne fais pas confiance aux passeurs.

Mahamadou s'esclaffe.

— Tu es en France, mon frère, c'est terminé, les passeurs !

— Et comment je le trouve ?

— Tu cherches Blablacar sur Google et tu te crées un compte.

— Je n'ai pas de portable.

— C'est pas un problème, moi, j'en ai un !

Il sort son téléphone d'une poche et pianote sur l'écran à toute allure.

— Tu peux partir ce soir pour trente-trois euros. Si tu veux, je t'inscris et on dit au gars que tu paies cash.

— Il va m'emmener sans poser de questions ?

Mahamadou me dévisage en fronçant les sourcils.

— C'est vrai que t'as une tête d'enfant... t'auras qu'à lui raconter que tu rejoins quelqu'un de ta famille. Tu as l'argent ?

Je pense aux tubes sur ma poitrine. Il faudrait en parler à Mahamadou, changer des dollars...

— Et à pied ? Je ne peux pas y aller à pied ? je demande.

— T'es fou ! C'est trop long, tu vas te perdre. En plus, c'est compliqué ici, c'est un pays où on roule, personne choisit de se taper la route en marchant !

— Moi, si.

Il me jette un regard stupéfait et éclate de rire.

— T'es pas n'importe qui, Miran ! T'as peur de rien !

Je ris aussi, même si ce qu'il dit est faux. Je ne suis pas grand-chose et je crève de trouille.

— Voilà le camp.

Nous sommes face à un immense carré d'herbe où sont montées une trentaine de tentes, toutes sur des palettes, avec des vêtements qui sèchent étalés dessus. Devant chacune, des baskets, des bottes en plastique et des claquettes.

Mahamadou me conduit près d'un foyer : un baril métallique qui fait office de brasero, autour duquel neuf ou dix hommes sont assis. À côté d'eux s'entassent des boîtes de conserve et des packs d'eau. Les flammes orange éclairent leurs visages luisants, ils s'expriment dans une langue que je ne connais pas.

— Ils viennent de mon pays, m'indique Mahamadou. Là, ils parlent le dialecte de chez nous, mais ils savent le français.

Il désigne un autre groupe plus loin.

— Ceux-là parlent arabe, tu veux aller les voir ?

— Je préfère rester avec toi.

On salue ses compagnons et on s'accroupit près du poêle. La chaleur m'apaise, je pourrais regarder le feu sans bouger pendant des heures si la faim ne me tenaillait pas.

— Tiens !

Un homme pose devant moi une conserve qu'il a fait réchauffer. Sur l'étiquette, je lis « RAVIOLI HALAL PUR BŒUF ». Une cuillère est plantée dans la mixture rouge.

— Tu peux manger, c'est bon, m'assure-t-il.

Mahamadou m'encourage du regard. Je goûte. C'est délicieux. Tous s'amusent de me voir replonger avec ardeur ma cuillère dans la boîte.

— Tu es arrivé aujourd'hui ? me demande l'homme.

— Oui.

— Bienvenue à toi. Tu as été au bureau des mineurs ?

— Non, qu'est-ce que c'est ?

— Une administration pour aider les jeunes qui arrivent sans famille sur le territoire. Quand tu es isolé et que tu as moins de dix-huit ans, les Français te logent, te nourrissent et te scolarisent gratuitement, c'est la loi.

— Il faut juste les convaincre que tu n'as personne pour te protéger, m'explique Mahamadou. Tu leur racontes ta vie au pays et ton voyage, tu leur prouves que tu es mineur et après ils envoient ton dossier au département. Si tout est validé, ils s'occupent de toi.

Je ne suis pas sûr d'être prêt à parler à ces gens. J'en ai assez de basculer dans le vide. Il y a trop de gouffres dans mon histoire, je n'ai pas envie de me confier à des inconnus, c'est trop tôt. Et ce n'est pas ici que je redeviendrai quelqu'un, je le sens.

— Tu as un papier officiel de ton pays avec l'année de ta naissance ? me demande l'homme.

— Non.

— Tu as été à l'école ?

— Oui...

— Tu te rappelles les dates ?

— Heu, oui...

— Ils vont te demander les dates. Si tu les connais, c'est mieux. De toute façon, tu as l'air d'un mineur, ils te donneront un toit. Moi, ça fait quatre ans que je travaille ici sans logement pour aider ma famille. Quand je suis arrivé, mon papier n'avait pas les bons tampons, ils ont dit que je l'avais acheté.

Il lève les bras au ciel.

— Ils sont fous ! Je vois pas avec quel argent ! Après ils m'ont fait le test des os et ils ont déclaré que j'avais vingt ans. Je leur ai dit : « je connais mon âge, j'ai dix-sept ans », mais ils m'ont pas cru, ils ont répondu : « Tu parles trop bien français, tu es trop poli, un adolescent ne s'exprimerait pas de cette façon, tu vis sûrement en France depuis longtemps, en plus tu sais lire et c'est louche » et ils m'ont jeté.

Il rit en secouant la tête.

— C'est normal que je connaisse le français, mon pays est francophone ! Quand on vient d'Afrique, ils croient qu'on arrive de la brousse et qu'on est tous des analphabètes. Moi, j'habitais une ville grande comme trois fois Lyon et j'ai été à l'école avec les jeunes de mon quartier. Je suis parti parce que l'argent manquait et qu'il n'y avait pas d'avenir. Mon père trouvait pas de travail, ma mère galérait pour nourrir la famille, j'aimais bien les cours, surtout les maths, j'avais pas envie d'arrêter les études pour faire des boulots minables...

Il s'esclaffe encore en écartant les mains d'un air fataliste.

— Et depuis que je suis en France, qu'est-ce que je fais ? Des boulots de misère, exploité par des patrons qui me traitent de bamboula ! Et je dors dans une tente ! Je reprendrai jamais les études. C'est pas mieux ici qu'au pays, mais je reste quand même. Question d'honneur ou je sais pas quoi. J'ai plus d'espoir, je suis dégouté, mais peut-être que j'y crois encore...

Je le dévisage, la cuillère en suspens.

— T'inquiète pas, ils font presque plus les radios du poignet pour savoir l'âge des jeunes, me rassure-t-il. Ils trouvent que c'est pas fiable.

— Profite que tu es mineur pour te faire régulariser, me conseille un de ses compagnons. Après tu es libre de faire ce que tu veux, tu sors de chez toi sans avoir peur de la police, tu as l'esprit tranquille, tu dors tranquille, tu manges comme tu veux, tu fais tout ce que tu veux. C'est ça la dignité d'un homme, c'est être libre. Si tu es sans-papiers, tu vis dans une prison.

— Avant, je passais ma vie à regarder des vidéos sur YouTube et à traîner en ville, dit Mahamadou, mais maintenant, j'ai la motivation pour m'en sortir. Le département vient de donner sa décision et c'est favorable, j'ai réussi l'évaluation, je le sais depuis cet après-midi.

Ses yeux brillent, son sourire s'élargit quand il annonce :

— Dans neuf jours j'aurai une place en foyer et je pourrai aller au lycée professionnel.

Les autres le félicitent. Mahamadou est la preuve vivante que tout n'est pas perdu. Je racle la boîte de ravioli, l'homme me tend une bouteille d'eau.

— C'est tard, on va dormir, m'annonce-t-il. Mahamadou va t'emmener au motel.

Je le fixe, interloqué, mais je me lève sans poser de question et suis docilement mon guide. Il s'immobilise devant une petite tente turquoise. Ses fossettes se creusent, son regard se fait espiègle.

— Bienvenue au motel Quechua réservé aux nouveaux arrivants ! s'exclame-t-il.

Il tire la fermeture éclair de mon abri et écarte l'ouverture. À L'intérieur, un duvet rose.

— Qu'est-ce que tu en dis ? m'interroge-t-il. C'est le luxe, non ?

Ses yeux pétillent, je lui rends son sourire.

— Un vrai palace ! Merci beaucoup, je ne sais pas ce que j'aurais fait sans toi.

— Tu es sûr que tu ne veux pas le Blablacar ?

Je hausse les épaules.

— Pour l'argent c'est compliqué et j'ai peur que le passeur me trouve trop jeune et pose des questions.

— Et le dossier d'aide au bureau des mineurs ?

— Je dois aller à Paris.

Mahamadou hoche la tête et pointe un index vers la gauche.

— La route rapide, c'est par là, m'indique-t-il. Tu sors du parc, tu marches tout droit jusqu'au fleuve, ensuite tu le remontes sur à peu près huit kilomètres dans le sens contraire du courant, et quand tu vois des panneaux bleus, tu suis celui de Paris. Prends une boîte de ravioli et une bouteille avant de partir. Si la police t'arrête, dis que tu es mineur isolé étranger. Tu te rappelleras ?

— Mineur isolé étranger.

— C'est important. Si tu dis ça, ils t'emmèneront dans un centre pour les mineurs. Ensuite, tu expliqueras que tu ne veux pas faire de dossier et on te laissera sortir.

— Merci, je murmure.

— Tu peux aussi rester à Lyon. Demain, on ira te chercher une tente à l'association...

— Je vais partir.

— Comme tu veux. Bonne chance, Miran.

— Merci, à toi aussi, Mahamadou.

Il me donne une brève accolade et s'éloigne dans la nuit.

Je me déchausse et ouvre mon sac à dos. Il sent la lessive, l'huile de moteur, le thym sauvage et les oliviers. Sous la lumière crue des lampadaires, je découvre des vêtements de rechange roulés très serré, un bonnet, un blouson imperméable et un nécessaire de toilette dans une trousse. Il y a aussi des bandages neufs pour ma poitrine, une lampe solaire de poche, une gourde, un briquet, de la ficelle, un outil pliable qui sert à la fois de couteau, de décapsuleur et d'ouvre-boîte, une montre et une carte de France.

Je glisse une main au fond du sac et en sors une feuille maladroitement pliée en huit par des petits doigts qui ont laissé leurs empreintes terreuses sur le papier. Les messages d'enfants, plus c'est plié, plus c'est précieux et important. Je l'ouvre délicatement. Sept oiseaux déploient leurs ailes bariolées autour de mon nom de jerrican tracé en lettres multicolores. Le dessin est signé Vittorio, Paolo, Alessandro, Francesco, Pietro, Tancredi et Tiziana. L'émotion au bord des cils, je trouve encore dans une poche des sachets d'abricots secs et sept billets de vingt euros. Une fortune. Angela a pensé à tout.

J'ai de quoi payer le passeur Blablacar. Il suffira de demander à Mahamadou de m'arranger le coup demain et, en quelques heures, je serai à Paris. Je me méfie, j'hésite... je vois le mal partout. Grégoire et Mathilde étaient aussi des passeurs à leur manière. Je suis sûr que s'ils m'avaient découvert ils ne m'auraient pas livré. Tout se mélange dans ma tête, l'impatience d'arriver à destination, la peur d'être trahi, l'angoisse à l'idée du parcours qui m'attend. « Prudence », a insisté le vieux. Je repense à ce soir où il m'a sauvé des trois types avant de monter dans le dernier camion. Je crois entendre leurs coups de batte briser le corps de l'homme qui voulait garder son téléphone. Ce souvenir, c'est comme une mise en garde contre un nouveau traquenard. Pour le moment, je ne veux compter que sur moi-même, ma décision est prise, j'irai à Paris à pied.

Je m'enroule dans le sac de couchage, glisse le plaid plié en quatre sous ma tête et m'efforce de ne plus penser à rien.

La fraîcheur de la nuit me réveille quelques heures plus tard. Tout est silencieux dans le campement. À l'intérieur de mon crâne, personne. Mes morts continuent à se reposer.

Je me chausse, attache la montre à mon poignet, récupère une conserve et une bouteille d'eau que je glisse dans mon sac, et je pars.

Cinq heures. Les rues sont encore vides. Parfois une voiture passe, mais dans l'ombre des arbres qui bordent le quai, je suis invisible. Lorsque j'aperçois des gyrophares, je me fonds derrière un tronc, le temps qu'ils disparaissent. Même l'invisible, la police le débusque.

— Aaaah !

J'ai trébuché sur un carton et me suis affalé. De puissants relents d'alcool, d'urine et de sueur me prennent à la gorge. Je me relève d'un bond et recule, une main devant la bouche. Sous le carton, un homme ronfle. Je ne l'ai pas réveillé. La misère n'a pas de frontières.

Ciel d'aube morose. Je ne ralentis pas. Quai désert, péniches endormies, fleuve sombre. Peu à peu la ville s'éveille, j'entends le bruit de la circulation par-delà la muraille, vingt mètres au-dessus de ma tête. Mon pas est régulier, sûr de lui. Quelques cyclistes me doublent, je croise des coureurs. Écouteurs dans les oreilles, ils ne s'occupent pas de moi. Au bout du quai aménagé, je suis une pente douce qui rejoint une avenue et soudain, à un carrefour, je découvre un panneau bleu : « A6 PARIS ».

Dans mon pays aussi, les panneaux des autoroutes sont bleus. Exactement du même bleu ! C'est idiot, mais ça me rend heureux.

L'autoroute française est différente de celle que je connais. Il y a des barrières métalliques de chaque côté des voies. C'est moins pratique que chez moi : on ne peut pas marcher le long de la chaussée, mais derrière ces barrières, sur de la pierraille. Je progresse en me tordant les chevilles, soufflé par la vitesse des véhicules qui me dépassent, étourdi par le rugissement des poids lourds.

Je comprends ce qu'a voulu dire Mahamadou. En France, personne ne longe les autoroutes. Ni deux-roues ni piéton, et aucun bus ne s'arrête sur les bas-côtés pour déposer des voyageurs. Impossible de plonger la tête la première pour me cacher. Je ne sais pas si j'ai fait le bon choix.

« Tu as raison, petit, de marcher.

— Tout va bien se passer, on veille.

— La marche à pied, c'est l'essence même de l'humanité.

— Et puis il y a le vent pour t'aider. Le sens-tu dans ton dos ?

— Avec le vent dans le dos, il te poussera des ailes.

— Courage, mon étoile ! »

Ils sont là. Le vieux, Tarek et Fares, ma mère avec mon père. Ils m'accompagnent et m'habitent, ils sont mes sentinelles et mon flambeau, me mettent au monde chaque fois qu'ils me font signe.

Je tire le bonnet de mon sac, l'enfonce sur ma tête, et me glisse à travers l'écheveau de voies rapides, silhouette grise dans le jour gris.

Les artères se divisent, il y a plusieurs directions, Paris est à gauche, moi à droite. Je remonte une bretelle de sortie, prends le risque d'enjamber la barrière, attends le bon moment et traverse en courant. Puis je me faufile entre les deux glissières d'un pont et rejoins ma triple voie. Plus loin, je peux de nouveau cheminer sur le bas-côté.

L'horizon est courbe, hérissé de tours décrépites aux fenêtres garnies d'antennes paraboliques. Longtemps, je longe le ruban d'asphalte, les oreilles saturées du vrombissement des moteurs. Peu à peu, je m'éloigne de la ville, les immeubles s'espacent, le trafic devient moins dense. Un dernier virage et l'autoroute s'élance à l'assaut d'une colline couverte de verdure.

Je suis un homme, je suis un homme, je suis un homme… Le chapelet de mots s'égrène inlassablement dans ma tête, règle mon allure, rythme mes pas. J'avance.

26

Le plus difficile, c'est de ne pas perdre l'autoroute de vue. Souvent, je longe une petite piste goudronnée en contrebas, mais dès qu'elle s'écarte, c'est toute une aventure pour progresser le long de la voie rapide. Je m'enfonce dans les broussailles, m'écorche les mains et le visage, trébuche, me relève et m'obstine sur les talus, jusqu'à ce qu'une nouvelle petite route parallèle apparaisse.

Je ne suis pas un nomade. Mon père ne l'était pas avant moi ni son père avant lui. Je ne viens pas du désert où tout le monde voyage, les hommes, les bêtes, les vents, et même les dunes. Je ne foule pas un immense parchemin de sable familier, mais un sol dur et étranger. Pourtant, inconsciemment, je m'approprie mon itinéraire et laisse une écriture singulière derrière moi : l'air que mon corps mobile déplace, le caillou qui roule sous ma semelle, une haie froissée par mon épaule, le tas de feuilles qui frissonne quand s'y glisse un mulot à mon approche, la poussière que chacun de mes pas soulève... Toutes ces empreintes imperceptibles que nul ne voit, mais qui existent dans mon sillage. Après mon passage, rien ne semble différent mais un monde infini et minuscule a changé. « La vie est une succession de traces sans cesse effacées par le temps », disait mon père. Mon voyage aussi.

Je marche droit devant moi, la tête pleine de ce désert qui ne m'a pas vu naître. J'aurais aimé prendre une poignée de terre avant de quitter mon pays. Je n'y ai pas pensé. J'y aurais enfoncé mes doigts, planté mes yeux et je lui aurais dit adieu.

La nuit, je me faufile sur des parkings aménagés au bord de l'autoroute. C'est pratique, il y a des sanitaires et de petits supermarchés pour acheter à manger. Je peux remplir ma gourde, me laver rapidement et dormir quelques heures, enfermé dans les toilettes...

J'apprends à lire la carte. Il m'a fallu du temps pour comprendre comment me repérer mais finalement, ce n'est pas très compliqué. Je dois filer plein nord en déviant très légèrement à l'ouest.

« Paris – Mâcon-Nord », les panneaux sont mes jalons. « Paris – Besançon-Dijon-Beaune », ils me guident et m'encouragent. « Paris 355 ». En moi, le vacarme des moteurs et le souffle, plus violent encore, de ma lassitude. Obstinée, ma voix s'élève et martèle son chant de résistance : « Je suis un homme, je suis un homme, je suis un homme... ».

Fin de journée. Corps exténué. Tête vide. Pas d'aire de repos en vue. Je m'éloigne un peu de la route express pour chercher un abri. Au bout de quelques kilomètres, je repère une cabane abandonnée dans un champ où cinq vaches paissent tranquillement. Je me coule sous la clôture et trempe mes mains dans la baignoire qui leur sert d'abreuvoir. Elles m'observent avec curiosité sans cesser de ruminer. Je me débarrasse de mon sac, plonge ma tête dans l'eau glacée, et quand je relève mon visage ruisselant, les vaches secouent leurs naseaux roses, l'air de se demander pourquoi ce fou d'humain boit la tête sous l'eau.

— C'est pas une salle de bains, ici, mon gars !

Mon ventre se noue, je me retourne lentement. Les bras croisés, un vieil homme me contemple, debout devant la porte ouverte de la cabane. Je m'efforce de maîtriser les battements de mon cœur qui explose dans ma poitrine.

— Pardon, monsieur, j'articule en récupérant mon sac.

Je glisse mon plaid derrière les sangles en tâchant de dissimuler le tremblement de mes mains.

— T'as donc pas d'endroit où te laver que tu te nettoies là-dedans ?

— Pardon, monsieur, je vais partir, pardon.

— Arrête de t'excuser, t'as pas commis un crime, non plus !

— Pardon, monsieur.

Il s'avance vers moi. Je suis incapable de bouger.

— Qu'est-ce que tu fais là tout seul ? Tu as fugué ?

— Fugué ?

— Tu t'es sauvé de chez toi ?

— Non, je voyage...

Il fronce ses sourcils broussailleux. Sa voix a des épaisseurs de cuir chargées de vécu.

— Tu voyages ? Tout seul, à ton âge, en te lavant dans l'eau des vaches ? C'est pas les vacances scolaires à ce que je sache ? T'as pas fait une connerie, j'espère !

— Pardon, monsieur, je pars.

— D'où qu'il est, ton accent ?

— ...

— Les flics te cherchent ?

— Les flics ?

— Les gendarmes, quoi !

— Les gendarmes ?

— Tu viens de quelle planète que tu ignores qui sont les gendarmes ?

— Qui sont les gendarmes ?

— Les policiers de la campagne, en quelque sorte. Ils te cherchent ?

— Non.

— N'empêche que tu préfères les éviter, pas vrai ?

— Oui. Mais je n'ai rien fait de mal.

Il m'interroge du regard.

— Je n'ai pas de papiers, je lâche dans un souffle.

Il passe une main sur son menton, je me replie prudemment du côté de la clôture. Qu'est-ce qui m'a pris de lui raconter ça ? Il va courir les appeler, ses gendarmes !

— Tu ne comptes pas repartir avec tes cheveux qui te dégoulinent dans le cou et ta figure tout égratignée ! proteste-t-il. Viens te sécher à la ferme et manger un bout.

Je m'immobilise.

— Je n'ai jamais laissé quelqu'un dans le besoin et c'est pas aujourd'hui que je vais commencer. Ça se devine que tu n'es pas un mauvais garçon. Tu es étranger ?

— Oui.

— Alors viens te reposer chez nous.

— Je peux rester dans la cabane, vous n'êtes pas obligé de m'accueillir...

Il m'adresse un regard malicieux.

— Qu'est-ce que tu fais de la loi sacrée de l'hospitalité, mon garçon ? Liberté, égalité, fraternité, c'est la devise de la France. On est une terre d'accueil, y en a qui l'ont oublié mais pas moi. J'ai vécu la guerre quand j'étais môme, je suis parti sur les routes avec ma mère et mon frangin. J'étais plus jeune que toi, mais je me souviens ce que c'est, de ne plus avoir de chez-soi et de manquer de tout. Tu as vécu la guerre ?

— Oui...

Il retourne vers la cabane et me fait signe de le suivre. Je sais pas pourquoi je le rejoins au lieu de m'enfuir.

— Regarde, c'est déjà occupé, murmure-t-il en se glissant à l'intérieur.

J'entre. Dans la faible lumière qui passe entre les planches disjointes, je croise le regard jaune d'une chatte blanche étendue sur une couverture. Elle m'observe quelques secondes, me jauge, puis tourne la tête et m'ignore superbement. Collées à son flanc, cinq petites boules de poils clairs tachetés de roux tètent goulûment.

— Ils sont nés ce matin, chuchote le vieil homme.

Il se retourne et me sourit.

— Je prends soin des chats errants, je ne vais pas tourner le dos à un gamin !

Dans mon pays aussi, on aime les chats. Une légende raconte que le prophète Mahomet les chérissait tellement qu'un jour, devant accueillir un visiteur, il préféra couper le parement de sa manche sur lequel son chat dormait, plutôt que le réveiller en se levant.

Quand mon chat Salam est mort, ma mère m'a consolé en me disant que les chats ont neuf vies et que, sans doute, le mien était déjà en train d'en commencer une nouvelle ailleurs. Peut-être Salam vient-il de renaître dans le corps d'un de ces chatons ?

— Allez, c'est l'heure de rentrer les vaches !

Le ton du vieil homme sonne franc, son regard est bienveillant, j'ai aimé qu'il me montre les chats, je décide de lui faire confiance.

— On y va ! On y va ! lance-t-il en claquant la langue.

Aussitôt, deux vaches se mettent en mouvement et les trois autres les suivent.

— Elles sont réglées comme des horloges ! s'amuse-t-il. Elles savent quand c'est le moment de l'étable. Je ne serais pas là qu'elles rentreraient toutes seules !

La ferme est à l'autre bout du champ. Deux longues bâtisses aux murs de briques rouges et croisillons de bois, entourées d'arbres immenses. On les croirait posées là depuis des siècles. Sur le seuil de la première, une femme nous regarde approcher. Elle a le visage rond et avenant. Un réseau de rides part de chaque coin de ses yeux et se fond dans les plis de son sourire. Ses cheveux blancs sont ramenés en chignon et des mèches batifolent sur son front.

— Nous avons un invité ? demande-t-elle.

— Un voyageur qui prenait son bain au fond du pré, répond le vieil homme. Je lui ai montré la chatte sauvage et ses petits.

La femme presse mes mains dans les siennes.

— Je m'appelle Lucie. Et mon mari, Jeannot. Je suis sûre qu'il ne s'est pas présenté !

— Miran, je dis.

— Bienvenue, Miran, entre !

Elle s'efface pour me laisser passer.

— Je vous rejoins après la traite ! lance Jeannot au milieu de ses vaches.

L'intérieur de la ferme est sombre, éclairé par les flammes qui dansent dans l'âtre de la cheminée.

— Il n'y a pas beaucoup de fenêtres chez nous, m'explique la vieille femme. Il fait vite frais.

— Votre maison est très jolie, madame.

— Pas de chichis, Miran ! Appelle-moi Lucie !

Elle lisse son tablier, me désigne un couloir du menton.

— La salle de bains est au fond à droite, et les serviettes de toilette dans la commode à côté de la douche. Je te laisse y aller ?

— Oui, merci madam... Lucie !

Son sourire s'élargit.

— Ce sera plus confortable que la baignoire du pré ! Ne te presse pas, Jeannot en a pour un moment à l'étable et moi je finis de préparer le souper.

Je n'ai pas pris de douche depuis une éternité. Je me sens crasseux jusqu'aux creux des os. Gel lavant au citron, shampoing à la cerise, baume démêlant à l'abricot... je vais me transformer en jardin fruitier ! Je me déshabille en frissonnant. Pas de peur ni de froid, mais d'émotion. C'est la première fois depuis mon arrivée que des Français me traitent avec autant de gentillesse. Lucie et Jeannot sont magiques ! Je ressens comme des chatouilles dans le ventre, je crois qu'on appelle ça l'espoir. C'est tellement inattendu que je me mets à pleurer sans pouvoir m'arrêter. Le jet chaud qui sort de la pomme de douche dilue mes larmes dans la mousse du verger.

Je me sèche, change de vêtements, discipline mes épis, et quand je retourne dans la pièce principale, Jeannot est déjà installé à table. Il siffle en me voyant.

— Eh beh, te voilà devenu un vrai gentleman !

Son regard glisse sur mes mains.

— Avec des doigts ridés comme des pruneaux !

Je lui rends son sourire.

— Tu as meilleure mine que tout à l'heure ! me lance Lucie.

Elle m'observe attentivement.

— Je te donnerai de la pommade pour cicatriser tes griffures au visage. On dirait que tu t'es roulé dans un buisson d'épines !

Elle file dans la cuisine chercher une grosse soupière qu'elle dépose sur la table.

— J'espère que tu aimes la soupe ! Courge, fèves et châtaignes, ça te va ?

Je hoche la tête. Toutes les soupes du monde me conviendraient. J'imagine les miens réunis autour de ce repas, j'entends leurs rires résonner dans la pièce. J'aimerais tellement qu'ils tendent leurs mains devant le feu, se réchauffent et se raniment à mes côtés. Une larme roule. Une seule.

— Ça va ? s'inquiète Jeannot.

Je le rassure d'un regard et nous mangeons sans un mot, dans un silence aussi doux et léger que les plumes d'une colombe.

Après le repas, Lucie propose de laver mon linge sale. Je m'empourpre jusqu'à la racine des cheveux.

— Ne sois pas gêné, c'est la machine qui s'occupera de tout ! m'assure-t-elle en riant.

Je remplis la moitié de sa corbeille avec mes vêtements puants et elle ajoute mon plaid par-dessus.

— Je vous laisse faire la vaisselle, les hommes ! nous lance-t-elle en quittant la pièce.

— Tu as une idée de l'endroit où tu veux aller ? me demande Jeannot un peu plus tard, alors que nous essuyons les derniers couverts.

— À Paris.

— Mazette ! Ça en fait des kilomètres ! Tu sais par où passer ?

— J'ai une carte et je longe l'autoroute...

— C'est pas bien pratique.

— Non.

— Pas bien discret, non plus. Montre-moi ta carte.

Je la sors de mon sac et la lui tends.

— Ah oui, je vois.

Il ne la déplie pas et file devant la porte d'entrée où il chausse ses bottes.

— Je reviens ! lance-t-il en sortant.

Je l'attends et me penche sur la photographie d'un jeune couple en noir et blanc, posée sur une étagère. La femme est coiffée d'un voile et porte une longue robe en dentelle, l'homme à ses côtés est vêtu d'un costume sombre. Je reconnais Lucie et Jeannot. Ils sourient discrètement et elle presse contre sa poitrine un délicat bouquet de mariée.

— Hé, hé ! On était plus beaux que maintenant ! s'exclame Jeannot en refermant la porte derrière lui. Mais pas plus amoureux !

Il enfile ses pantoufles et va poser sur la table ce qui ressemble à un épais cahier à spirales.

— C'est l'atlas routier de mon frère, m'explique-t-il. Les cartes sont rangées par région, ce sera beaucoup plus précis que ce que tu as.

Nous nous asseyons côte à côte et il feuillette le classeur.

— Tu sais lire une carte routière ?

— J'ai compris que l'autoroute est rouge avec du jaune au milieu...

— C'est ça. Les lignes rouges épaisses ou les jaunes moyennes, ce sont les routes importantes. Évite-les, elles sont trop passantes.

Son index glisse sur le papier.

— Toi, tu dois suivre les lignes blanches, les petites routes secondaires. Tu n'y croiseras pas grand monde et tu risqueras moins les ennuis.

— Merci beaucoup, mais je ne sais pas si l'atlas va tenir dans mon sac...

— T'inquiète pas, on va détacher les pages qui t'intéressent.

— Que va dire votre frère ?

— Mon frère ne voyage plus sur les routes, il préfère les voies aériennes.

Je le regarde, étonné.

— Il est mort il y a dix ans. Il serait content que ses cartes rendent service à un môme, lui qui disait que la jeunesse ne savait rien faire d'autre que d'obéir niaisement à un calcul en cours.

— Pardon ?

— Ah, ah, ah ! C'est comme ça qu'il appelait les GPS. Mais maintenant, ça fonctionne mieux, ces appareils, il serait obligé de leur trouver un nouveau nom.

Il sélectionne les cartes qui me seront utiles et m'indique les routes que je devrai emprunter. Il trace mes itinéraires au crayon, numérote chacune des pages puis les glisse dans une pochette plastifiée.

— Voilà, tu es paré ! s'exclame-t-il. Demain matin, je t'avancerai un peu avec la camionnette en allant porter le lait à la coopérative.

— Mais...

— Tu ne pensais pas qu'on allait te lâcher dans la nuit ! Lucie t'a préparé la chambre de notre petite-fille.

Un quart d'heure plus tard, je me glisse avec délice dans des draps propres, sous le poster d'un joueur de foot. La maison craque doucement, quelques bruits de feuilles froissées dehors se mêlent aux chuchotis des poutres vermoulues et du parquet. Dans la nuit bavarde, un hibou ulule. Mes sentinelles veillent.

27

Le lendemain, je découvre mon linge propre et plié sur la table, à côté d'un solide petit déjeuner.

Au moment du départ, Lucie me glisse trois billets de vingt euros dans la main.

— Pour t'acheter à manger.

— J'ai de l'argent, Lucie.

— Ça t'en fera davantage, je serai plus tranquille.

— Merci...

— De rien, prends soin de toi, Miran.

Je la regarde disparaître dans le rétroviseur de la camionnette de Jeannot, robuste petite silhouette sous les feuillages roux.

Le vieil homme me dépose une vingtaine de kilomètres plus loin à la sortie d'un village et me montre le prochain sur la carte.

— On est là, tu vas ici, tu as compris ?

— Oui, ne vous inquiétez pas.

— Sois prudent, mon petit gars.

— Je vous le promets, merci pour tout, Jeannot.

Il m'adresse un signe de la main par la portière et redémarre.

« En Europe, on n'est pas désirés, m'a dit le vieux. Les gens ont peur, comme si la misère et la guerre étaient contagieuses. Ils sont égoïstes de leur bonheur et de leur amour. »

Il s'est trompé. Rien n'est facile, c'est vrai, mais j'ai rencontré Angela et ses enfants, Lucie et Jeannot...

« J'ai oublié de te parler de la générosité, petit. »

Les journées de marche s'enchaînent. J'avale des millimètres, des centimètres, des mètres, des kilomètres. En file indienne avec moi-même. Tantôt devant, tantôt en queue de peloton, selon la fatigue, l'énergie, les courbatures et l'ampoule de la taille d'une olive dont le pus jaunâtre colle à ma chaussette. Je traverse des plaines, des champs, des vignes, des lisières de forêts. Au sommet de mon corps, ma tête a pris le contrôle, elle ordonne à mes jambes d'avancer et mes jambes lui obéissent.

Les lignes blanches des cartes sont mes cordes de funambule, les fossés qui les bordent mes filets de sécurité. Jeannot avait raison, elles sont peu fréquentées, délavées, sans fard, ou alors vaguement délimitées d'un trait de peinture écaillée. Elles ne racontent pas la côte qui pointe ou le virage qui vient. Silencieuses et sûres, elles me mènent là où je veux, à travers le paysage.

De temps en temps, des autos me dépassent. Certaines à vive allure avec des conducteurs qui klaxonnent comme des dératés pour que je me range davantage sur le côté. Un matin, une femme, au volant d'une petite voiture rouge, ralentit en arrivant à ma hauteur et me lance par la fenêtre ouverte de sa portière : « Je peux te déposer quelque part, jeune homme ? », je décline, elle repart. Il y a aussi quelques motos, des scooters, des gens à vélo. Peu de trafic, pas d'indiscrets. J'achète à manger sur les marchés, dans les supérettes ou les boulangeries des villages que je croise sur ma route. Je m'efforce de prendre un air dégagé mais je surprends parfois des yeux suspicieux qui me scrutent. Je repars, sans un regard en arrière, et je sens que déjà on m'oublie.

Je dors dans des granges, des ruines, des appentis, des cabanes, plus rarement dans un hangar abandonné ou sous le préau d'une petite gare, souvent dans des cimetières. Il y a toujours de l'eau dans les cimetières et c'est tranquille.

Celui que je découvre ce soir est parfait, à l'écart des habitations et protégé par de hauts murs. Tapis derrière un buisson, j'attends la nuit noire pour m'y glisser. Je me déshabille et me lave au robinet. L'eau glacée me saisit mais je résiste, me rince en entier, frictionne mon corps et frotte mon linge. Je l'étends ensuite sur la ficelle que m'a donnée Angela, entre deux tombes du fond, là où plus personne ne va, où les pierres moussent et se piquent de blanc, les dalles s'enfoncent dans la terre et les noms s'effacent. Là où le lierre s'enroule autour des grilles et où les racines poussent un peu les caveaux.

Je m'endors d'un œil seulement, enroulé dans mon plaid, à l'abri d'une chapelle funéraire. Aux alentours de minuit, comme toujours, les chats pointent leurs moustaches. Dès qu'ils arrivent, je les devine. Qui pourrait faire pattes aussi discrètement audibles dans le silence nocturne ? Ils se faufilent entre les pierres tombales, sages d'abord. Puis très vite se chamaillent, se crachent des insultes, bondissent et se poursuivent de tombes en tombes, tels des démons aux oreilles pointues. Toutes griffes dehors, ils se sautent à la gorge et roulent les uns sur les autres dans un raffut infernal. J'assiste à la mêlée comme s'il s'agissait d'un spectacle, mais je ne veux pas de sang. Dès qu'ils exagèrent et que la bagarre dégénère, je lance un grand « PSHHHH » et ils détalent.

À l'autre bout du cimetière, deux feux follets luisent faiblement. On dit chez moi que ce sont des djinns maléfiques mais je n'y crois pas. « Ce sont seulement des gaz qui s'échappent des corps et s'enflamment au contact de l'air », m'avait expliqué mon père quand j'étais enfant. Puis il avait ajouté dans un rire : « Je devrais plutôt te raconter que les feux follets sont des météorites magiques tout droit sorties du noyau de la terre, ce serait plus poétique ! ». J'avais levé des yeux émerveillés vers lui en murmurant : « Les feux follets sont les étoiles filantes des morts ! ».

Le lendemain, le vent se lève et le soleil réchauffe à peine l'air coupant. Je marche tête baissée, emmitouflé dans mon blouson. Mêlant mes traces à des milliers d'autres traces. De pneus, de semelles, de pattes, de corps rampants, de fruits roulants et rebondissants, de branches arrachées, de brindilles emportées par le vent. Je marche au rythme de celui qui a renoncé à contredire le naturel du mouvement. J'arpente, je boite, je piétine, je progresse, je cours, je trottine, j'enjambe, je traîne la patte, je file, je chemine. Mes pas, portés par les lignes blanches, s'enchaînent inexorablement. J'existe, je respire, j'avance sur ce sol immobile qui n'en finit pas de tourner dans l'infini de l'infini. Je monde.

La route ondule en grimpant, je foule le sentier qui la borde. Des nuages d'oiseaux passent au-dessus de ma tête, les feuilles pleuvent des arbres. J'en cueille une au passage et regarde le ciel entre ses nervures rousses. Une giclée de lumière m'éblouit. Je plisse les yeux, larmes arc-en-ciel entre les cils.

Une nuée d'hirondelles s'abat sur un câble électrique. Aussitôt leurs sœurs d'odyssée s'échappent des buissons alentour et les rejoignent. Ensemble, elles écrivent leur partition, perchées sur leur fil comme des notes sur une portée. Leur chant ressemble à un requiem pour l'été moribond, un hymne à l'automne naissant. Je tends l'oreille. Non, ce n'est pas un chant, mais une ode au grand départ pour l'ailleurs. « Le pays est loin, le voyage est long », scandent-elle inlassablement en attendant les retardataires. En moins d'une heure, toutes sont rassemblées et l'énorme escadron s'envole vers le continent que tant d'hommes fuient. Une plume, légère, tourbillonne dans les airs et atterrit à mes pieds.

« Migrateurs », « migrants », les uns oiseaux, les autres humains... presque le même mot pour désigner ces voyageurs qui se croisent et passent d'un lieu à l'autre. Les premiers filent vers le sud, les seconds rejoignent le nord. Les uns volent, les autres se noient. La liberté a des ailes, l'homme des chaînes.

28

Il pleut. Fin et discontinu. Depuis une semaine. Trempé jusqu'à l'os, je progresse lentement, les jambes raides et dociles, mon cerveau au gouvernail se moquant de la toux qui me secoue. Le froid m'a saisi à la gorge un soir où je me lavais dans un ruisselet. Tel un tentacule glacé, il s'est enroulé autour de mon larynx et s'est infiltré dans ma poitrine.

Je reste à couvert dans un sentier forestier. La pluie ne pénètre pas encore totalement le dôme des arbres, mais précipite la chute des feuilles. De tous côtés, les oiseaux continuent à chanter. Ceux-là sont sédentaires et restent au pays. Leurs plumes imperméables les protègent, ils ne sont pas encore transis. « La chanson des êtres à plumes est la langue des anges », disait mon père. Ils gazouillent autour de moi, sifflent tout leur soûl, rigolent sonore et modulent leurs trilles. Ils m'offrent un concert éclatant de vie, éclaboussant de musique le ciel gris.

Mais aujourd'hui est un jour noir, un de ceux où je suis las et misérable, où je me dis que rien ne sert de marcher, qu'il n'y aura pas d'arrivée, que tout espoir est vain. Mes pieds trébuchent, les quintes de toux m'oppressent. Dans ma tête s'amoncèlent les images de ceux qui répandaient la terreur, coiffés de leurs turbans aussi noirs que mon jour noir. « La musique est un péché, prétendaient-ils, elle nous éloigne d'Allah. »

Je ne veux plus me souvenir de ceux-là, je veux que quelqu'un se penche sur mon destin et trace le mot « fin ». Mon corps est lourd, j'ai des boulets aux pieds et j'en ai assez d'avancer, j'ai envie de flotter moi aussi, entre Tarek et Fares. Rejoindre mes morts, ne plus me soucier de la route, devenir un tourbillon léger, d'air, de poussière et d'étoile filante. Je m'affale au pied d'un chêne, me recroqueville, m'encarapace et m'encoquille, rentre mes antennes et ma tête, serre les poings. Un barrage cède en moi, un fleuve de pierres se répand dans mes veines, et au fond de ma gorge enfle un torrent. Je ferme les yeux pour ne plus voir le monde et quand je les rouvre, il est toujours là, identique à lui-même.

Je tremble des pieds à la tête, mes dents claquent tellement fort qu'elles pourraient se briser, une plainte à glacer le sang sort de mes lèvres. Les oiseaux se taisent.

— C'est trop ! je gémis. Je suis fatigué, j'arrête, ça suffit !

Ma gorge se dilate, ma voix gronde et s'amplifie :

— Je veux que ça s'arrête, vous comprenez ? Laissez-moi abandonner ! Je n'ai pas ma place dans ce monde, j'en peux plus de marcher, de dormir dehors, d'être seul tout le temps ! J'en peux plus d'avoir peur, j'en ai marre d'être sale, de ne jamais manger chaud, d'être trempé par la pluie ! Personne ne supporterait ça, personne ! Même pas un chien ! C'est pas humain ! J'ai le droit d'arrêter, j'ai le droit d'abandonner ! Qui peut m'en empêcher ? Je n'ai pas choisi de venir ici ! Je n'ai rien choisi de cette vie !

Je suffoque, la morve gicle de mon nez, les larmes de mes yeux. Mes poings frappent le sol, le tronc, et balaient les cailloux du chemin. Mon cri éclate, énorme :

— Je veux mourir, vous m'entendez ? MOURIR !

Je hurle à m'en rompre les cordes vocales. J'expulse les pierres d'un seul jet. J'entre en guerre. Je deviens les obus, les tirs de mitraillettes, les bombes, les missiles et les roquettes, je décime tout : Dieu, les hommes en noir, le sourire du président, les rebelles chantant, les terroristes et les terrorisés. Les cadavres d'enfants, les membres éparpillés, les têtes dans les torchons. Je massacre la souffrance. Et moi aussi, je m'extermine.

— Je veux mourir, mourir, mourir, vous m'entendez ?

Je maudis la mort de mon père, la mort de mes frères, la mort de ma mère, la mort du vieux, je les explose, je veux tout détruire en moi. M'anéantir ! J'arrache des mottes de terre et plante mes ongles dans la boue en poussant des gémissements de bête agonisante. Je me brise en deux, en trois, en quatre, en cent, en mille. Je veux ne plus rien ressentir et ne plus être en vie.

Mais je ne meurs pas. Je reste là, le front sur les racines jusqu'à ce que ma fureur s'essouffle. J'essaie de me relever, retombe à genoux, et murmure d'une voix lente, hachée de silences :

— Vous me manquez trop.

Une brise tiède sur ma nuque, un souffle.

« Nous sommes là, mon étoile, nous sommes là. »

Je hoquète :

— Je sais mais ce n'est pas pareil qu'en vrai.

Je lève mes yeux gonflés vers la cime des arbres. Les larmes dévalent sur mes joues, mon nez coule et mes dents claquent.

« Trouve-toi un abri, petit, tu vas tomber malade à rester sous la pluie. »

Je me relève et charge le sac sur mon dos. Mourir ne se commande pas. Je suis debout au pied du chêne. Seul. Seul avec les oiseaux.

Au sommet de la pente, une descente et des toits dans un creux. Sur la place du village, des gens sortent de l'office religieux en ouvrant leurs parapluies. Je me glisse le long de l'église, ma capuche rabattue sur mon front. L'édifice ressemble à une forteresse, les portes sont ouvertes, j'entre à l'intérieur. C'est la première fois que je pénètre dans un sanctuaire chrétien, je ne connais les églises que dans les livres ou la peinture.

La statue d'un homme avec une barbe blanche, un long manteau et un chapeau en pointe semble me suivre du regard. Je me faufile dans l'unique allée et sursaute en entendant des voix, au fond. Sans réfléchir, je me glisse sous le banc le plus proche. Je cale mon sac d'un côté, me recroqueville de l'autre et j'attends, les yeux vides, le corps toujours vivant.

Trottinement de souris. Je me tapis. Par une fente entre le dossier et l'assise, j'aperçois une petite femme grise des pieds à la tête. Elle disparaît de ma vue, revient les bras chargés de fleurs fanées, s'éloigne à nouveau.

— Vous n'oublierez pas de tout fermer correctement, monsieur le curé !

— Oui, oui, madame Belin. Merci, à demain !

La femme sort de l'église. Il y a encore quelqu'un. Je me roule en boule sous le banc et laisse la fatigue m'emporter.

Je me réveille dans l'obscurité la plus complète. Je panique un instant puis comprends que la nuit est tombée. Mon corps est courbaturé, mes muscles endoloris, je sors péniblement de ma cachette, remonte l'allée jusqu'aux lourdes portes de l'entrée, les pousse, les tire, sans succès : elles sont fermées à clé.

Désemparé, je plonge mes mains dans une petite vasque remplie d'eau, en lape quelques gorgées, puis rince mon visage ravagé. Les vitraux filtrent la lumière de la lune qui laisse dans l'ombre d'immenses tableaux accrochés aux murs. Je distingue des visages pâles et des mains de cire levés vers le ciel. Le regard triste d'un Christ cloué sur sa croix se pose sur moi. C'est le fils du dieu des chrétiens, un martyr. Au fond de l'église, une petite porte n'est pas verrouillée et donne accès à une pièce minuscule au lourd parfum de bougie et d'encens. Une lueur blanche passe par une étroite fenêtre et éclaire le mobilier : une table, une chaise, une banquette et un meuble massif où s'alignent des objets précieux et des vases. Sur des cintres sont suspendues de longues robes, des capes et des écharpes brodées.

Le ventre serré par la faim, je dévore mes derniers biscuits. Ils ne me rassasient pas, alors j'inspecte les étagères et ouvre un paquet de fines galettes rondes, au vague goût de pain, que j'avale goulûment. Je dépose quelques euros sur la table pour dédommager le prêtre et retourne boire dans une vasque dont je n'ai pas souillé l'eau. Ma toux reprend, sèche et irritante. Transi, je me réfugie dans la petite pièce et m'aperçois que j'ai oublié mon plaid dans la forêt. J'enveloppe mon cou dans une longue écharpe blanche brodée d'or, mon corps dans une cape en laine et je me pelotonne sur la banquette.

— Je voudrais mourir, maman...

29

— Il n'a pas l'air bien féroce, votre cambrioleur, madame Belin !

La voix me réveille en sursaut. Je me redresse, effaré. Le visage austère d'une femme entre deux âges est penché sur moi. J'esquisse un mouvement pour me lever, et le suspends aussitôt. Sur la bande blanche de son blouson bleu marine, je lis le mot « gendarmerie ».

Affolé, je regarde s'agiter dans la pièce la petite femme en gris que j'ai aperçue la veille.

— Peut-être, mais c'est un vandale ! lance-t-elle, furieuse. Il a mangé toutes les hosties ! Mon Dieu, mon Dieu, quel sacrilège ! Et regardez ce qu'il porte autour du cou ! L'étole de Noël de monsieur le curé ! Dans quel état il nous l'a mise ! Et la chasuble !

Elle tire nerveusement sur la cape qui me recouvre.

— Toute froissée, fichue !

Les doigts tremblants, je lui tends l'écharpe qu'elle m'arrache.

— C'est encore un de ces romanichels qui traînent dans le coin avec leurs caravanes ! fulmine-t-elle d'une voix suraiguë. On ne se sent plus en sécurité nulle part. Si en plus, ils viennent piller les églises !

— Calmez-vous, madame Belin, lui conseille un jeune gendarme qui s'avance à sa hauteur. La sacristie n'était pas fermée à clé ?

— Le père Bernard a encore dû oublier ! Je lui ai dit cent fois mais il s'en moque ! Regardez le résultat !

Elle me dévisage, la bouche mauvaise.

— Manger des hosties ! Si c'est pas une honte !

— Elles n'étaient pas consacrées, madame Belin...

— Consacrées ou pas, c'est le corps du Christ ! Mon Dieu, mon Dieu, quelle horreur !

— Je... je ne suis pas un voleur, je bafouille en désignant la monnaie sur la table. Je les ai payées.

— Humpf ! s'exclame-t-elle, désarçonnée.

La gendarme m'ordonne de me lever. Deux plis sévères barrent son front. Elle m'impressionne, je baisse la tête, le ventre tordu par l'angoisse.

— Qu'est-ce que tu fais dans la sacristie ? m'interroge-t-elle sèchement.

— J'étais enfermé dans l'église, j'ai... j'ai dormi.

— Dormi ? reprend la femme en gris. Et les hosties ? Tu les as avalées pendant une crise de somnambulisme ? Et la chasuble de monsieur le curé, tu l'as prise pour une couette ?

— Madame Belin ! lance la gendarme d'un ton agacé.

Elle me dévisage en fronçant les sourcils.

— Comment t'appelles-tu ? m'interroge-t-elle.

— Miran.

— Miran comment ?

— ...

— Où sont tes parents, tu as quel âge ?

J'essaie de ne pas paniquer, de contrôler les tremblements qui agitent mon corps tout entier. Pourquoi je ne me suis pas réveillé plus tôt ? Je ne dors jamais aussi longtemps ! Que vont-ils faire de moi ? Je ne veux pas qu'on m'enferme ! Est-ce qu'en France on jette les étrangers sans papiers en prison ? Il faut que je m'échappe ! Je lève les yeux en direction de la porte, croise le regard du jeune gendarme et soudain, les paroles de Mahamadou me reviennent en mémoire.

— Je suis un étranger mineur isolé ! je lâche d'une voix étranglée, en espérant avoir prononcé les bons mots.

— Qu'est-ce que je disais ! constate la femme en gris. Encore un qui n'est pas de chez nous.

La gendarme lève les yeux au ciel.

— Qu'est-ce qu'on en fait ? l'interroge son collègue.

— On l'emmène à l'ASE[1] d'Auxerre. C'est la procédure.

Elle désigne mon sac par terre.

— Il est à toi ?

1. ASE : Aide Sociale à l'Enfance (service public placé sous l'autorité du président du conseil départemental et dont la mission essentielle est de venir en aide aux enfants et à leur famille par des actions de prévention individuelle ou collective, de protection et de lutte contre la maltraitance.)

Je hoche la tête.

— Ramasse-le.

J'obéis et elle me saisit fermement le bras gauche.

— Allez, viens !

La femme en gris s'obstine derrière nous, tandis que nous traversons l'église.

— Vous ne lui mettez pas les menottes ?

Le jeune gendarme se tourne vers elle.

— Ce n'est pas un criminel, madame. Où est le père Bernard ?

— Il visite un paroissien qui est rentré samedi de l'hôpital, il sera là pour la messe de neuf heures.

— Vous lui direz d'appeler la gendarmerie dans la journée.

Devant l'église, un petit attroupement de villageois s'est formé. La gendarme me fait monter à l'arrière d'une voiture. Le mot « Gendarmerie » est inscrit en gros caractères blancs sur la portière avant. Je sens les regards peser sur moi.

— Je ne suis pas raciste, marmonne la femme en gris, mais ce n'est plus possible, ces étrangers qui se croient tout permis. On a déjà assez de nos pauvres à s'occuper ! Vous allez l'expulser ?

— On va le confier à l'aide sociale à l'enfance. Bonne journée, madame Belin.

Les gens s'écartent quand le véhicule démarre.

— Ils vont avoir un sujet de conversation pour au moins quinze jours ! remarque la gendarme.

Son collègue rit en passant une vitesse.

Je fixe la portière. Si je saute de l'auto avant qu'elle ne roule trop rapidement, je pourrai m'échapper à travers champs. J'approche discrètement ma main de la poignée.

Le conducteur me jette un coup d'œil dans le rétroviseur intérieur.

— N'y pense même pas, me dissuade-t-il, tu te blesserais pour rien.

— De toute façon, la voiture est verrouillée, ajoute la gendarme.

Elle se tourne et me contemple avec sévérité.

— Tu ne crois pas que ça suffit les bêtises pour aujourd'hui ? lance-t-elle. Tiens-toi tranquille ou ça va mal se passer pour toi !

Ils m'ont embarqué comme un voleur, je ne vois pas bien ce qui pourrait m'arriver de pire... Je ramène mes genoux devant ma poitrine, les enserre de mes bras et pose mon front dessus. Mon cœur galope, la toux me coupe la respiration.

Nous roulons longtemps entre les prés et les coteaux. Je reste replié sur moi-même. Je voudrais disparaître.

L'auto s'arrête à un feu rouge, je relève la tête. Nous sommes dans une petite ville. À quelques mètres devant nous, un panneau vert indique : « PARIS 176 ». Mon cœur vacille.

Mon voyage est un immense train auquel s'ajoute chaque jour un wagon rempli de nouveaux passagers. Ceux d'aujourd'hui, je m'en serais bien passé.

La pluie reprend, fine, serrée, tenace. On approche d'une agglomération plus importante. Les panneaux publicitaires remplacent les arbres le long de la route. Les premiers immeubles coiffés de paraboles apparaissent. Pouls qui tape, clou au cœur. L'angoisse m'attrape par le col et me raidit le cou. Un pont enjambe un fleuve, une église immense se dresse au loin, nous longeons un quai, puis la voiture s'engage dans des ruelles avant de se garer sur un parking. Portail automatique, larges vitres qui coulissent devant nous, ascenseur, couloir, une porte, deux portes, à la troisième, le jeune homme frappe. Trois coups.

— Entrez !

On entre. Moi entre les deux gendarmes, les yeux baissés. On dirait un délinquant.

— Bonjour !

— Bonjour, madame. On vous amène le jeune Miran. Il a passé la nuit dans la sacristie de l'église de Menades, on nous l'a signalé ce matin à sept heures. Il ne nous a décliné ni son nom de famille, ni son âge, ni son pays d'origine, il dit qu'il est MNA[1].

— Très bien. Vous signez la décharge ici, je prends le relai.

La gendarme saisit le stylo qu'on lui tend et griffonne en bas d'un document.

Avant de partir, son collègue me tapote brièvement l'épaule.

— Bonne chance ! me lance-t-il.

La porte se referme sur eux.

1. Mineur Non Accompagné.

La femme derrière son bureau s'assure que je parle français, puis enchaîne :

— Ne t'inquiète pas, Miran, je ne suis pas de la police. Pose ton sac, assieds-toi !

Je reste debout. Elle me parle de la protection de l'enfance, du dossier qu'elle va m'aider à constituer, et de la possibilité pour moi d'être hébergé dans un foyer pour mineurs isolés.

Elle m'adresse un large sourire.

— Nous avons un lit pour toi ! Tu pourras y dormir dès ce soir.

Je réfléchis à toute allure. Je n'ai pas fait tout ce chemin pour m'arrêter à moins de deux cents kilomètres de Paris, je ne suis pas obligé d'accepter son aide, Mahamadou m'a dit qu'on me laisserait repartir.

— Madame, merci beaucoup, mais je ne veux pas faire de dossier.

Elle me fixe, interloquée.

— Je ne veux pas rester là, j'insiste.

— Tu vas à Calais ?

— Non.

— Bon... tu es sûr de toi ?

— Oui.

— Tu as besoin de vêtements ? Tu veux manger quelque chose ? Boire ?

J'ai faim, j'ai soif, je rêve de me laver et de me changer, mais ce n'est pas le moment. Là, maintenant, je ne pense qu'à une chose : mettre le plus de distance possible entre cet endroit et moi. Vite !

— Est-ce que je peux partir ? je demande d'une voix tendue.

— Oui, bien sûr, mais...

— Merci beaucoup, madame, merci beaucoup !

Je ne lui laisse pas le temps de réagir, j'ouvre la porte et je m'enfuis.

Le couloir je l'enjambe, les escaliers je les dévale. Je sors du bâtiment en courant comme un dératé, enfile les rues, tête baissée, sans savoir où je vais. Je ne suis plus maître de moi, je ne réfléchis pas. Je me rue comme les éperdus que la milice traquait. Ils savaient qu'ils étaient condamnés, que leur destin avait basculé, que leur vie d'hommes vivants était terminée. Moi, je m'élance vers la liberté. J'ignore ce que ça signifie, au fond, sinon qu'aujourd'hui, j'ai le droit de quitter cette ville, de partir sans que personne ne me retienne, de respirer.

De respirer.

Je passe devant un hôpital, bifurque dans une rue, traverse un parc et un quartier où les immeubles ressemblent à des clapiers alignés, remonte un boulevard, puis, au détour d'une avenue, je m'immobilise, pétrifié. « Lycée Saint-Joseph ». C'est écrit sur une plaque.

Devant le portail, des garçons, regroupés en petites bandes de garçons, rient et parlent fort. Les filles, regroupées en petites bandes de filles, rient et parlent fort aussi. Certains fument en lançant de longues volutes blanches par les narines. Quand les petites bandes des uns rejoignent les petites bandes

des unes, les rires et les mots deviennent encore plus sonores.

Moi, je me fonds dans le décor, deviens phasme branche, mante fantôme. Je frôle le mur d'en face en transparence, prends un minimum de place sur le trottoir, le corps en quarantaine, les yeux avides, les oreilles sonars.

Une fille passe devant moi sans me voir. Brune, cheveux longs, nez retroussé. Grain de beauté sur la tempe gauche.

— Pfff, trop nulle, ma classe cette année, y a que des intellos !

Le garçon qui l'accompagne est brun, lui aussi. Plus petit qu'elle. Les joues mangées par l'acné.

— Te plains pas, au moins t'as pas nos profs ! On se tape Terronne et Goulevitch, ils vont nous sacquer toute l'année. Remarque, avec eux, on est sûrs d'avoir la moyenne au bac !

— Si je l'ai pas, mes parents me tuent.

— Moi, après, je me tire en fac à Paris.

— La chance !

Une mélodie retentit. Ils se hâtent de traverser la rue pour rejoindre les élèves qui franchissent les grilles.

— En vrai, qui a envie d'aller en cours ? lance la fille à la surveillante devant l'entrée.

— Ouais, qui ? renchérit le garçon.

La femme hausse les épaules et s'apprête à refermer le portail derrière eux lorsqu'elle m'aperçoit.

— Qu'est-ce que tu attends, toi là-bas ? me crie-t-elle en me faisant signe d'approcher. Tu n'as pas entendu la sonnerie ? La pause est terminée, allez, dépêche-toi !

Je détale.

Complètement désorienté, j'erre dans une zone commerciale. Aucune direction n'est indiquée, je passe d'un parking à l'autre à la recherche d'un carrefour, quand soudain, surgit devant moi une grande arche jaune. Un gigantesque « M » surplombant un panneau rouge. « MacDonald's ». Je n'en ai jamais vu ailleurs que sur Internet. Ces restaurants n'existent pas dans mon pays.

À l'intérieur, peu de clients. Quelques hommes, aussi mal vêtus que moi, pianotent sur leurs smartphones, branchés sur des prises électriques. Un groupe de jeunes s'esclaffe bruyamment en dévorant des hamburgers. Plusieurs personnes semblent travailler derrière des ordinateurs portables, branchés eux aussi.

Je m'empiffre de frites tièdes arrosées de Coca, les yeux rivés sur ma carte numéro six. J'ai eu peur, très peur, mais l'aventure m'a fait gagner plus de cinquante kilomètres.

— Pourriez-vous m'indiquer la direction de Fleury-la-Vallée, s'il vous plaît ? je demande à la jeune fille qui nettoie la table à côté de la mienne.

Elle m'adresse un sourire en ajustant sa coiffe.

— Oui, bien sûr ! C'est un petit village, mais je vois très bien où il se trouve, mes grands-parents habitaient à côté. Quand vous sortez d'ici, il faut continuer tout droit jusqu'à une station-service qui fait aussi lavage auto, ensuite vous prenez à gauche et...

J'écoute attentivement ses explications. Lorsqu'elle a terminé, elle retourne à son travail sans me poser de questions.

Dans les sanitaires, je reste longtemps les yeux clos, les mains sous l'eau chaude. Puis je sors rejoindre les lignes blanches bordées de prés humides où roulent les coques de châtaignes. Je retourne fouler les routes secondaires aux arbres effeuillés, retrouver les merles siffleurs, les feux follets flottants et les corbeaux arrogants. Dormir avec les chats éclopés qui chouinent sous le vent.

30

J'ai déchiré mon sac et mon blouson aux picots de fer d'une clôture. Depuis, je prends l'eau, des pieds à la tête. La montre à mon poignet est couverte de buée. Sous un vieux pont, j'ai tordu mon pull détrempé et resserré le bandage sur mon torse, avant de repartir.

Je crache mes poumons, le froid me transperce la peau, le vent glacé siffle dans mes oreilles. Je marche jour et nuit pour que mon corps ne se refroidisse pas. Quand je titube de fatigue, je m'endors là où je suis, debout parfois. Je n'ai pas acheté de nourriture aujourd'hui. Ni hier. J'ai peur des gens. C'est venu insidieusement. À chaque halte dans un nouveau village, dès que j'apercevais une silhouette vêtue de gris ou de bleu marine. Je sais que c'est irrationnel, mais je n'ai plus beaucoup de raison.

Il faudrait que je mange... Je sors un quignon de pain détrempé de mon sac et le tète sans cesser d'avancer.

Un cil de lune vacille entre les nuages, des traînées de brouillard s'accrochent aux haies et nappent les prés, la route est jonchée des branchages arrachés par l'orage de la veille. La tête me tourne un peu. Je m'adosse à un tronc, ferme les yeux. Derrière mes paupières, le sourire de Tarek et Fares, les mains du vieux, les yeux de ma mère. La voix de mon père :

« Accroche-toi, mon étoile... »

Je suis l'ombre d'un pays d'ombres.

« Tout est écrit, même l'invisible, même l'impénétrable. Tout est écrit et finit par se lire... tout est déchiffrable. »

Je me laisse glisser le long de l'arbre rugueux. La pluie recommence à tomber.

« Écoute, mon étoile, écoute mon histoire... »

Je suspends mon souffle.

« C'est celle de Zahid, le garçon errant, qui vivait ici ou là, un peu partout, un peu nulle part, mais toujours solitaire, car, comme toi, il avait perdu tous les siens. Ses longues jambes désœuvrées foulaient tristement les chemins. Il était pâle, presque transparent, et aussi fin qu'un fil. Pourtant il se sentait lourd. Lourd du manque d'amour. Un jour, il rencontra Oummou Alaqadar, une femme tellement vieille que mille sillons creusaient son visage. Ses mains ressemblaient à des racines noueuses, mais la lumière dans ses yeux était aussi vive que le soleil. »

J'entrouvre mes paupières. La nuit suinte ses longs lambeaux mouillés sur l'écorce. Je les referme.

« Écoute, mon étoile, écoute… Oummou Alaqadar était réputée dans tout le pays et même au-delà. On venait la voir quand on était perdu : lorsqu'on ne savait plus que dire, que faire, qu'on avait oublié qui on était vraiment. Oummou Alaqadar avait le pouvoir d'aider les gens à se trouver ou à se retrouver.

Elle observa longuement Zahid, sans prononcer un mot. Il était intimidé, mais il sentit son cœur battre un peu plus fort.

— À quoi penses-tu ? l'interrogea Oummou Alaqadar.

— À rien, répondit-il. Ma tête est vide.

La vieille femme sourit.

— Chacun de nous a des pensées, dit-elle. Mais certains n'osent pas les exprimer. Alors, dis-moi, Zahid, à quoi penses-tu, au fond de toi ?

— Je pense…

Elle le regardait avec tant de chaleur qu'il se lança :

— Je pense que j'aimerais me défaire de ma mémoire.

— Continue, l'encouragea Oummou Alaqadar.

— Je voudrais laisser s'écouler derrière moi les souvenirs un à un, comme des gouttes d'eau s'échappent de l'outre percée et s'évaporent au soleil.

— Quels souvenirs ?

— Ceux qui brisent l'innocence et écorchent l'enfance.

Lentement, Zahid raconta tout ce dont il se délesterait. Il aligna les mots comme autant de petits cailloux semés sur une route, dispersa ses heures les plus noires derrière ses pas.

— Un jour, dit-il, je trouverai une porte entrouverte, si légèrement entrouverte que je la croirai fermée.

— Quelle sera cette porte ?

— La porte qui sépare le monde de l'avant de celui de l'après.

— Que feras-tu, alors ? demanda Oummou Alaqadar.

— J'y glisserai les dernières brumes de ceux que j'aimais.

— Pour leur permettre de mourir tout à fait ?

— Et pour m'aider à vivre.

Zahid plongea ses yeux dans ceux de la vieille femme et la remercia. Il se sentait à la fois plein et léger.

— Qui es-tu, Zahid ? s'enquit-elle.

— Je suis celui qui vit, répondit-il simplement.

Puis il repartit. Il était toujours aussi fin qu'un fil, mais il avait pris des couleurs.

— C'était écrit, murmura Oummou Alaqadar, immobile derrière lui. »

La voix de mon père s'éteint et avec elle s'effacent Zahid et la vieille femme. Et ma mère, et le vieux. Et mes frères. Ne reste que ma bouche essoufflée qui expulse sa toux dans la bise mouillée. Toux rauque et déchirante. Toux qui troue. Toux violente. Tout n'est que violence.

Pour me faire mentir, le vent à court de jurons se tait. Et la pluie à court de larmes se tarit.

Pour me donner raison, un chien efflanqué surgit d'un chemin de terre à la sortie d'un virage et me barre la route. Il a le poil sombre et les yeux enflammés, ses crocs sont des lames dans sa gueule qui gronde. Les oreilles en arrière, il me défie de passer. Prudemment, je me penche et saisit une branchette, je ne cherche pas à l'effrayer, juste à me protéger s'il attaque. Je ne connais pas les chiens, je n'en ai jamais eu. Peut-être devrais-je me taire, mais je lui parle. Instinctivement je sens que c'est ce que je dois faire.

— Je suis en marche, le chien, je ne m'arrête pas. Je ne veux pas occuper ton territoire ni faire la route avec toi. Je n'ai que du pain à partager, laisse-moi passer.

Je lui jette ce qui reste de mon quignon rassis. Il baisse le museau, l'engloutit, je fais un pas, il redresse la tête de nouveau. J'ai eu le temps de distinguer une plaie profonde sur son échine. J'avance encore. Lentement. Je le contourne sans le quitter des yeux, le vert des miens dans l'orange des siens, le bâton à la main. Je laisse mon bras baissé pour ne pas le provoquer mais je suis prêt à le faucher s'il se jette sur moi. Son poil se hérisse, il recule d'un pas. Est-ce pour prendre son élan ?

— Moi aussi, je suis un animal, je murmure.

Ma voix est d'acier et ne tremble pas.

— Moi aussi, je peux planter mes dents dans ton flanc. Tu sens ma peur mais je sens la tienne. Je ne te veux aucun mal. Retourne à ta boue, laisse-moi à la mienne.

Il se tasse, les mâchoires serrées, le grondement sourd. Je le dépasse, sans le quitter des yeux, progresse au milieu de la route à reculons.

— Va-t'en, le chien, je n'ai rien à te donner. Si des hommes t'ont fait du mal, je ne suis pas de ceux-là. Moi aussi des hommes m'ont blessé.

Mes yeux s'embuent.

— Pire que ça, ils m'ont tué.

Il pousse un gémissement.

Et soudain, bruit de moteur, phares éblouissants qui sortent du virage. Deux faisceaux blancs qui m'aveuglent. Le chien entre eux et moi. Je ne peux rien faire, tout se déroule à une vitesse hallucinante ! Crissement de pneus. L'animal est projeté contre ma poitrine, je m'écroule sur le dos.

31

Une portière s'ouvre, puis une autre. Mes bras se referment sur le corps inerte qui m'écrase.

— *Iaa tamoute*, je lui souffle. *Iaa tamoute*[1] .

Des pas se précipitent. Dans la lumière crue des phares, un homme se penche sur nous, le visage ravagé par l'angoisse. Son regard s'accroche au mien.

— Tu m'entends, petit ? Ne bouge pas, je vais dégager le chien.

Sa voix est inquiète, ses gestes précautionneux. Il pose ses mains sur les miennes et se retourne.

— Eden ! Tu peux mettre les feux de détresse et placer le triangle avant le virage ?

— D'accord, papa ! Ils... ils sont blessés ?

— Je ne sais pas... Le garçon est conscient !

Il se penche de nouveau sur moi.

— Tu m'entends ? Tu as mal quelque part ?

1. Ne meurs pas.

Il décrispe mes doigts un à un du pelage de la bête.

Quelqu'un accourt à nos côtés. Une voix féminine :

— J'ai installé le panneau et j'ai pris des couvertures !

— C'est bien, étales-en une par terre pour le chien. Tu as essayé d'appeler les secours ?

— Pas de réseau !

— Bon, on va se débrouiller.

Il glisse lentement ses mains sous le corps du chien. Une jeune fille s'agenouille à côté de moi. Ses longs cheveux me frôlent la joue. Je la fixe sans un mot.

— Comment tu te sens ? s'inquiète-t-elle. Tu nous entends ? Tu as mal ?

L'homme ôte l'animal de ma poitrine et c'est comme s'il me plongeait dans une eau glacée. Je tremble sans pouvoir m'arrêter.

— *lam yakun yurid 'an yamut*, je hoquète, paniqué. *lam yakun yurid 'an yamut*[1] !

— Il ne parle pas français ! s'exclame la jeune fille.

Elle déplie une couverture sur moi et effleure mes cheveux du bout des doigts.

— Tu peux bouger ? m'interroge l'homme. Tu as mal à la tête ou ailleurs ?

— Papa ! Il ne comprend pas le français !

Je me redresse en m'appuyant sur un coude. Cherche à voir l'animal.

— Si, je comprends, je murmure. Je ne suis pas blessé.

— Tu es sûr ?

1. Il ne voulait pas mourir.

L'homme m'aide à m'asseoir et me débarrasse de mon sac à dos, tandis que sa fille ajuste la couverture sur mes épaules.

— Doucement, me conseille-t-il. Prends ton temps.

Seule la tête noire du chien dépasse du plaid en grosse laine, ses yeux sont fermés.

— Il n'est pas mort, me rassure l'homme.

Il hésite, me prend une main et l'approche de la truffe de l'animal.

— Tu sens ? Il respire.

Je me relève, en prenant appui sur son bras.

— Ça va ? Tu n'as pas la tête qui tourne ?

Ma toux lui répond, déchirante.

— On va t'emmener à l'hôpital.

— Non, je n'ai rien, je dis en reprenant mon souffle. Le chien...

— Ne t'inquiète pas, je connais une vétérinaire. Pour l'hôpital, j'insiste. Ce serait plus raisonnable. Et puis il faut prévenir tes parents ! Où habites-tu ?

Je n'ai pas envie d'expliquer, je suis las de toujours répondre aux mêmes questions. Alors je prononce la phrase qui me résume :

— Je suis mineur isolé étranger.

L'homme hoche lentement la tête, sa fille écarquille les yeux.

— Je ne veux pas aller à l'hôpital, j'ajoute, ni à la police. Je ne veux pas faire un dossier pour qu'on me place dans un foyer.

Je fais un geste vers le chien.

— On va le faire soigner ! me rassure l'homme.

Il passe une main dans sa barbe.

— Tu peux marcher ?

— Oui, je crois.

Je me penche pour récupérer mon sac.

— Vous vous occuperez bien du chien ? je demande.

— Bien sûr ! Mais...

— Je dois partir... Est-ce que je peux garder la couverture, s'il vous plaît ?

— N'importe quoi ! s'écrie la jeune fille. Tu ne vas pas marcher tout seul, en pleine nuit sur cette route, dans ton état ! Tu viens dormir chez nous.

— Elle a raison, renchérit l'homme avec un sourire, tu tiens à peine sur tes jambes.

Sans chercher à me persuader davantage, la jeune fille me prend par le bras et me contraint presque à marcher jusqu'à la voiture.

Son père porte le chien et l'étend à mes côtés sur la banquette arrière. Je pose une main sur sa tête. Là où c'est très doux, derrière les oreilles. Il ne bouge pas. L'homme range le panneau de signalisation dans son coffre et s'installe sur son siège.

— Je suis vraiment désolé pour l'accident, dit-il, en refermant sa portière.

— Ce n'était pas de votre faute, on était au milieu de la route.

La jeune fille, assise à ses côtés, se tourne vers moi.

— Je m'appelle Eden, mon père c'est Arnaud. Et toi ?

— Miran.

— Et ton chien ?

— Ce n'est pas mon chien.

— Alors on lui trouvera un nom demain.

Elle a raison. Quand on a un nom, on existe.

— Ça me fait plaisir que tu dormes chez nous, dit-elle.

— À moi aussi, approuve son père.

Je me laisse aller contre la banquette. Même s'ils ne peuvent pas le voir dans la nuit, je leur souris.

32

Il n'y a pas eu d'interrogatoire, pas de méfiance, pas de regards en biais, pas de malaise.

Sarah, la mère d'Eden, m'a accueilli comme elle l'aurait fait avec un membre de sa famille. Elle m'a donné des vêtements secs et préparé un bouillon qui m'a réchauffé. La vétérinaire est arrivée et elle est repartie très vite avec le chien. Il a une patte cassée et d'autres blessures, mais elle nous a assuré qu'il s'en sortirait. Il avait repris connaissance mais je l'ai senti tellement démuni quand elle l'a déposé sur le siège de sa voiture que j'aurais aimé le serrer contre moi. J'ai posé ma main sur sa tête et j'ai lu toute la détresse du monde dans ses yeux. Ça m'a bouleversé, c'était comme s'il me renvoyait mon propre reflet.

Ensuite, je me suis mis à tousser sans pouvoir m'arrêter, tout tournait autour de moi, je ne tenais plus sur mes jambes. Alors Arnaud m'a porté sur un lit et a appelé son ami Bertrand.

— Il est médecin, m'a expliqué Eden. Ne t'inquiète pas, c'est quelqu'un de bien.

J'aurais préféré disparaître sous la couette quand il est entré dans la chambre et s'est assis au bord du lit. Avec sa grosse barbe et sa masse de cheveux blonds, il ressemblait à un lion. Il m'a dit que je pouvais rester habillé et a commencé à m'examiner. Quand son stéthoscope a heurté les petits tubes sur ma poitrine, il a levé les yeux vers moi et ma volonté s'est effondrée. J'aurais voulu rester un homme, me montrer digne et courageux, mais tout m'a submergé d'un coup. Mes barrières se sont disloquées et les larmes ont dévalé sur mes joues sans que je puisse les retenir. Le docteur m'a entouré de ses bras et je m'y suis niché, incapable de résister. Il m'a pressé contre lui et sa crinière blonde a épongé mes sanglots.

Il m'a dit :

— Ton corps t'appartient, Miran, et tes secrets aussi.

Il s'exprimait lentement pour que je comprenne chacun de ses mots et que chacun m'imprègne.

— En devenant médecin, a-t-il poursuivi, j'ai prononcé un serment très important. Je me suis engagé à respecter les secrets de mes patients. Ce que j'apprendrai de toi dans cette chambre, je ne le confierai à personne, je te le promets. Ce que tu portes sur ta poitrine gêne mon examen, est-ce que tu peux l'enlever ?

J'ai glissé mes mains sous le tee-shirt, déroulé le bandage et récupéré le sachet que j'ai caché sous l'oreiller en évitant son regard. Il a écouté mon cœur, attentif, puis il m'a demandé si j'acceptais de retirer mon pantalon pour qu'il puisse finir de m'ausculter. J'aurais préféré m'enfuir en courant, mais je n'ai pas refusé. Il a palpé mon ventre, désinfecté les plaies sur mes genoux et l'ampoule sur mon talon. Sans un mot, il a coupé les ongles longs comme des griffes de mes orteils... Je ne bougeais pas, je ne pensais pas, et je le laissais faire.

Lorsqu'il a eu terminé, il a rabattu la couette sur moi puis il a sorti de sa sacoche plusieurs bandes de gaze qu'il a déposées dans le tiroir de la table de nuit.

— Tu as une pneumonie, m'a-t-il expliqué. Je vais te prescrire un traitement et tu seras vite sur pied. Il te faut aussi du repos. Je préfère que tu ne repartes pas tout de suite sur les routes, tu veux bien attendre d'aller mieux ?

J'ai promis.

Il me faisait penser à Angela. Comme la géante, il prenait soin de mon corps, et moi, impuissant, je le laissais me raccommoder, parce que je n'avais même plus la force de tenir ma tête droite et que mes jambes étaient plus faibles que celle d'un agneau nouveau-né. À l'intérieur de moi, une énorme tempête s'est levée. *Qu'est-ce qui te prend à te laisser aller comme ça !* Je me suis secoué. *Tu ne vas pas passer ta vie à t'écrouler comme une petite chose chétive ! Pourquoi faut-il toujours que tu te retrouves au fond d'un lit, complètement anéanti ?*

« Parce que tu es de chair et non de pierre, mon étoile, m'a répondu mon père. Un esprit lutte moins vaillamment dans une enveloppe abîmée. La faiblesse de la force, c'est qu'elle n'a foi qu'en sa puissance et oublie sa fragilité. »

— Tu as le droit de souffler un peu, Miran, a dit le médecin en écho. Le corps est une batterie, si tu ne le recharges pas, il se retrouve à plat.

Il m'a adressé un clin d'œil.

— Nous sommes tous des mécaniques, tu sais ! Quand des pièces se détraquent à l'intérieur, il faut prendre le temps de les réparer.

Nous sommes restés quelques secondes immobiles, les yeux dans les yeux, puis il a saisi sa sacoche.

— Je demanderai de tes nouvelles à Arnaud, a-t-il ajouté avant de sortir, repose-toi, Miran.

Sans bruit, la porte s'est refermée sur lui. L'épuisement m'a englouti, je me suis endormi.

Le lendemain, je n'ai pas entendu Arnaud et Eden quitter la maison. Ils sont partis tôt pour travailler au lycée. Lui est professeur, elle élève de seconde, c'est Sarah qui me l'a dit. Elle m'a apporté mon petit déjeuner sur un plateau et m'a donné le sirop et les comprimés prescrits par le médecin.

— Je viendrai te voir toutes les heures, mais si tu as besoin de quoi que ce soit, tu pourras me rejoindre dans mon atelier, m'a-t-elle proposé, c'est la cabane au fond du jardin. Couvre-toi bien, surtout ! J'ai pendu la doudoune, le bonnet et l'écharpe d'Eden pour toi à la patère dans l'entrée et tu pourras mettre les bottes fourrées qui sont devant la porte. On n'est pas en hiver, mais il ne faut pas que tu reprennes froid !

J'ai répondu « Merci », même si je ne savais pas ce que signifiaient « patère » et « doudoune ».

Elle a ajouté :

— Si tu veux prendre une douche, la salle de bains est en face de ta chambre.

Elle a dit « ta » chambre, ça m'a chaviré le cœur.

J'ai attendu qu'elle sorte de la maison pour aller me laver, j'ai cru fondre sous l'eau chaude. J'ai pensé que j'étais guéri, mais la fatigue m'a de nouveau envahi et la toux m'a plié en deux. Alors j'ai avalé une tasse de thé et j'ai dormi toute la journée.

Le soir, Arnaud et Sarah sont venus s'assurer que j'allais bien et Eden m'a apporté un plateau-repas. Pendant que j'avalais quelques gorgées de potage, elle m'a raconté sa journée, assise en tailleur sur le lit. Je la regardais parler, ses mains brassaient l'air, ses cheveux dansaient sur ses épaules et, par moments, son rire éclatait dans la pièce. J'avais l'impression d'être une terre aride qu'une source d'eau claire irriguait enfin. C'était incroyable, je buvais ses paroles, et je la regardais, si belle, si libre, si elle. « C'est comme si elle était ma sœur », j'ai pensé et j'ai aussitôt chassé cette idée. Eden a senti mon émotion, elle s'est tue et m'a serré dans ses bras. J'ai hésité et puis, à mon tour, j'ai refermé les miens sur elle. On est restés enlacés, tandis que mes larmes coulaient en silence. Avec n'importe qui d'autre j'aurais été mal à l'aise, auprès d'elle je me sentais de plus en plus léger. Tellement léger que mes yeux ont séché d'eux-mêmes et que j'ai eu envie de sourire.

Plus tard, ses parents nous ont rejoints. Arnaud a fermé les volets, Sarah a présenté un thermomètre devant mon front et a murmuré « bof bof ». J'ignorais ce que ça voulait dire, mais vu la tête qu'elle faisait, ça ne devait pas être fabuleux.

— On va te laisser te reposer, Miran, a-t-elle ajouté. N'oublie pas de prendre tes médicaments et si tu as besoin de quoi que ce soit, n'hésite pas à nous appeler.

Avant de sortir de la pièce, chacun d'eux m'a embrassé en me souhaitant une bonne nuit.

J'en ai eu le vertige. J'étais étendu, la vue brouillée, et les murs tanguaient autour de moi. Depuis combien de temps ne m'avait-on pas embrassé ? Je ne m'en rappelais plus.

Deux heures après, rien que d'y penser, j'avais encore envie de pleurer. Je m'en suis voulu de m'attendrir. J'étais plus fort avant, je résistais mieux. *Je suis un homme, je suis un homme*, je me suis répété mollement dans ma tête. J'ai éteint la lampe et j'ai dit : « Bof bof ».

33

Je me réveille après une nuit sans rêves et sans ululement. Une nuit profonde. Une nuit de velours. Ma toux est déjà moins douloureuse et je sens que la fièvre est tombée. J'attends que la maison s'anime pour m'habiller et sortir de la chambre. Je marche sans bruit, en longeant les murs. Arnaud, Sarah et Eden sont attablés à la cuisine.

— Bonjour Miran ! Tu te sens mieux ? Tu as bien dormi ?

— Viens t'asseoir ! Tu veux du thé ? Des tartines ?

— Il y a des céréales au chocolat, tu aimes ?

Je remercie, je suis gêné, j'ai l'impression d'être un intrus. La veille, j'étais au lit et affaibli, je pensais qu'ils avaient pitié, que c'était dû à ma maladie, toute cette douceur qu'ils m'avaient prodiguée. Mais aujourd'hui, ils se conduisent avec moi comme s'ils m'avaient toujours connu et que ce samedi matin au parfum chaud et brioché n'avait rien de singulier. Comme si ma présence parmi eux était la chose la plus naturelle du monde.

Je bois du bout des lèvres, pioche une tranche de pain du bout des doigts, une larme de confiture du bout de ma cuillère, picore.

Arnaud dévore et entre deux bouchées, m'annonce d'une voie enjouée :

— Tu es ici chez toi, Miran !

— Le temps que tu voudras, ajoute Sarah.

— Longtemps, de préférence ! lance Eden en mordant dans sa tartine.

Ce ne sont pas des mots jetés au hasard, ils les pensent vraiment. Ils n'ont pas conscience de ce que ça implique.

— Je ne peux pas rester, vous allez avoir des problèmes.

Je leur parle de moi, ils ont le droit de savoir. Je ne raconte que peu de choses :

— Dans mon pays, il y a la guerre, c'est pour ça que je suis parti. Je n'ai plus de famille, je ne connais personne en France, j'ai quinze ans et je n'ai aucun papier d'identité. La police veut que les jeunes comme moi habitent dans un foyer.

— Nous n'aurons aucun ennui et toi non plus, Miran, me rassure Arnaud. Ni la police ni qui que ce soit ne va entrer dans cette maison pour t'arrêter et nous demander des comptes.

Je froisse le bas de mon pull entre mes doigts, j'ai peur de me mettre à pleurer.

— Je dois aller à Paris, je souffle.

— Bertrand pense que ce serait bien que tu récupères des forces avant de repartir. Quand tu souhaiteras te rendre à Paris, tu me le diras et je t'y conduirai en voiture.

— Allez, pose-toi un peu ! s'exclame Eden, la bouche pleine. En plus, à midi, papa va nous faire des frites !

— Écoute la reine des postillons de la sagesse ! s'amuse Sarah.

Ils me regardent tous les trois avec des paillettes dans les yeux et un soupçon d'inquiétude, comme s'ils craignaient que je refuse. Je n'ai pas la force de leur dire non, pas l'envie. Je décide de rester pour un temps, de « me poser », comme dit Eden.

Et la vie file, les jours s'enchaînent, rythmés par les horaires et les occupations de chacun. Arnaud me prête un ordinateur, Eden des livres, Sarah des magazines, mais je ne les ouvre pas. C'est comme si j'étais partiellement en panne, mon cerveau fonctionne mais n'arrive plus à se concentrer. Depuis des mois, mon corps est en mouvement, il est incapable de rester immobile. C'est plus fort que lui, il faut qu'il s'agite. Comme chez Angela, je passe beaucoup de temps à ranger et à faire la cuisine. Ici, tout le monde mange végétarien, j'invente des soupes, j'apprends à faire des tourtes et des gratins. « Tu n'es pas obligé », me dit Sarah. Je lui réponds que j'aime ça et je ne mens pas.

Eden est la seule à savoir me détendre. Dès qu'elle entre dans une pièce, j'ai l'impression que la lumière devient dorée, l'air plus léger et l'horizon moins tourmenté. Elle m'accepte comme je suis, avec mes silences et mes retenues. Elle s'offre comme elle est, avec sa fraîcheur et son exubérance. Tout ce qu'elle me dévoile et me confie, je le prends comme un cadeau. Elle est sincère, généreuse, entière, elle m'éblouit. J'aime son visage mobile, son enthousiasme et son humour. Elle est pleine de vie et d'insouciance, et imprime dans chacune de ses paroles, chacun de ses mouvements, l'énergie de l'univers tout entier. Elle ravive l'appétit en moi, la soif et l'envie.

Un soir, elle me montre la recette du pain perdu.

— Tu plonges des tranches de pain rassis dans du lait mélangé à des œufs, tu les laisses tremper jusqu'à ce qu'elles soient bien imbibées et tu les fais revenir dans du beurre à la poêle.

Je suis consciencieusement ses indications et mon application l'amuse.

— Ensuite, tu saupoudres de sucre et c'est juste dingue !

Elle a raison, je n'ai jamais rien mangé d'aussi « dingue ». Le chemin entre l'assiette et ma bouche n'existe plus, j'enfourne les bouchées voracement.

— Miran, avec toi, c'est plus du pain perdu mais du pain retrouvé !

Depuis mon arrivée, je ne suis pas sorti et personne ne m'oblige à le faire. Quand la porte d'entrée s'ouvre, l'air froid du dehors s'engouffre à l'intérieur, quand elle se referme, je suis au chaud, à l'abri. Parfois j'ai peur que tout s'arrête. D'un coup. Et que les murs s'effondrent autour de nous.

Je laisse mes yeux vagabonder sur la ligne d'horizon au fond des prés qui bordent la maison. Tout est tellement immobile et calme. Par la porte-fenêtre du salon, j'aperçois la cabane de Sarah. Elle est très simple, en bois clair, avec une large ouverture sur le côté qui doit donner la sensation à celle qui est à l'intérieur de faire partie du paysage. Je ne sais pas quelle profession exerce Sarah. Je ne pose pas plus de questions qu'on ne m'en pose.

Une impulsion, l'envie soudaine de sortir, je m'habille chaudement et je traverse le jardin. Au moment de frapper à la porte, j'inspire et je sens. L'odeur des pinceaux qui sèchent, des toiles humides, le parfum des pigments, de l'huile de lin et de l'essence de térébenthine.

— *'Umiy*[1] .

La porte de la cabane s'ouvre.

— Hey, Miran ! s'exclame Sarah. Ça me fait plaisir de te voi...

Elle s'interrompt et me dévisage.

— Tout va bien ? Tu as un problème ?

— Je... c'est... tu es peintre ?

— Illustratrice ! Comment as-tu deviné ?

Elle m'invite à entrer.

— Le parfum, l'odeur, je reconnais. Ma mère...

Les mots se bloquent, je suis incapable d'en dire davantage. Je me penche sur sa table de travail couverte de dessins aux couleurs chatoyantes.

---

1. Maman.

— Ce sont les planches de l'album que j'illustre en ce moment, m'explique Sarah. J'ai écrit l'histoire, elle parle d'un arbre sans racines, tu veux que je te la raconte ?

Je hoche le menton, un peu intimidé.

Elle me montre ses illustrations au fur et à mesure qu'elle déroule le conte.

— Tu vois ces deux maisons ? Dans celle de gauche vivent Ninon et Noé, dans celle de droite habitent Louis et Léa. Au milieu, il y a une cour toujours vide, ou presque. Un pigeon va et vient et picore du gravier, parce qu'il n'est pas très malin. Il s'imagine que les cailloux sont comestibles. C'est un coin calme où l'on s'ennuie un peu.

Dans le paysage qu'elle a dessiné, on sent les heures qui coulent sans hâte, un peu mornes, un peu floues.

— Mais un matin, Ninon pousse ses volets, et... Louis ouvre sa porte, et... ils découvrent un arbre ! Au milieu de la cour ! La veille, il n'y avait rien, et le voici avec son tronc et ses branches minuscules, tombé d'on ne sait où, comme par magie ! Le pigeon n'a rien remarqué, occupé qu'il était à digérer ses cailloux.

Je m'amuse du regard accablé du volatile. Sous le tout petit tronc est coincée une pierre bleue, pas plus grosse qu'une tête d'épingle. Il tente de la déplacer avec sa patte. Sans doute voudrait-il la gober.

— Eden dit que mon oiseau a des yeux désespérés de bébé phoque sur la banquise en train de fondre ! s'exclame Sarah.

Elle reprend le conte :

— L'arbre non plus ne sait pas comment il s'est retrouvé dans cette cour. C'est un arbrorfelin, sans père ni mère, sans racines. Il tient en équilibre. « Il est joli ! », s'exclame Noé que Ninon a appelé. « Il nous fera de l'ombre ! », dit Léa qui vient d'arriver. Sans hésiter, ils l'adoptent, installent un banc à côté de lui et prennent l'habitude de s'y asseoir tous les quatre. Ils discutent, en lançant du pain au pigeon qui trouve ça plutôt bon.

Elle passe à la feuille suivante. Je suis suspendu à ses lèvres, les yeux rivés aux images.

— Le petit arbre s'interroge beaucoup. C'est difficile pour lui de ne pas savoir s'il est pommier, poirier, palmier ou autre chose. Alors il se cherche, c'est-à-dire qu'il essaie de comprendre qui il est. Il change de couleur tous les mois et ne donne jamais les mêmes récoltes. Suivant les saisons, ses branches sont chargées de bananes, de citrons, de cerises, de pêches, de figues ou de noix. Mais chaque fois, il se dit que ce n'est pas lui et il change de fruits.

Derrière les feuillages qui n'en finissent plus de se transformer, la cour, le pigeon et le ciel changent de couleurs et tourbillonnent, eux aussi.

Sarah poursuit :

— Un soir, Louis sort du garde-manger plein à craquer. « Il nous faudrait des enfants, pour dévorer toutes ces tartes, ces compotes et ces confitures ! », dit-il. « Oui, des enfants... », soupirent les trois autres. L'arbre, qui a bien grandi, interroge le pigeon : « À quoi ressemblent des zenfants ? ». « Rouh, là, là ! Ils ont deux bras, deux jambes et une tête, avec des cheveux dessus », répond le pigeon. « Comme Ninon et Noé ? Comme Louis et Léa ? » « Oui, mais en plus petits ! roucoule l'oiseau gris. Et surtout, ils courent, ils piaillent, ils sautent, ils dansent, ils chantent, ils grimpent, ils s'empilent, sans jamais s'arrêter. Sauf pour dormir. » L'arbre se dit qu'il fabriquerait bien ces zenfants. Il y passe toute la nuit ! Il se concentre, il ne doit rien oublier : l'amour dans le cœur, le rire dans la gorge, la folie dans les gambettes et la poésie dans les yeux. Au petit matin... Ninon et Noé, Louis et Léa sont réveillés par les cris de joie des premiers zenfants. Mais le plus heureux dans tout ça, c'est l'arbre, car il se sent pousser des racines. Il sait enfin qui il est : un arbre de vie.

Sur la dernière illustration, les branches s'épanouissent en petits corps mi-enfants, mi-fruits. Ils remuent joyeusement au-dessus des quatre parents qui lèvent les bras vers eux.

— C'est un beau conte, je murmure.

— C'est toi qui me l'as inspiré, Miran.

34

Je m'efforce de ne pas penser à l'avenir. Mais se forcer à ne pas penser, c'est penser encore. Quand je partirai d'ici, tout s'écroulera de nouveau autour de moi. Eden, Arnaud et Sarah font comme si c'était normal que je loge chez eux, comme si je n'allais jamais m'en aller. Par moments, j'ai peur de m'habituer à la douceur. Dans leur monde, tout est trop douillet et confortable, trop rassurant et chaud.

Je récupère. Des nuits sans sommeil, des kilomètres de vent, d'angoisse et de pluie, de faim qui creuse le ventre, de néant dans l'esprit, et de trop-plein dans le cœur. J'essaie de ne pas prendre de place, d'être le plus silencieux possible, mais Eden est trop vivante pour que je me taise. Avec elle, j'oublie que je suis un homme, j'oublie presque.

Comme ce soir où elle pose son enceinte sur la table du salon, sélectionne un titre sur son téléphone, me saisit les mains et me fait tourbillonner dans la pièce en braillant le refrain de la chanson à tue-tête :

— *Let's go below zero and hide from the sun, I love you forever where we'll have some fun. Yes, let's hit the North Pole and live happily. Please don't cry no tears now, it's Christmas, baby !*[1]

— Mais ce n'est pas Noël ! je lui crie, écroulé de rire.

— *My snowman and me*, continue-t-elle. *My snowman and me, baby*. C'est toi mon bonhomme de neige, Miran ! C'est toi, notre Noël, c'est pour ça que je fais la fête !

En quelques semaines, je prends des couleurs, trois ou quatre kilos, et un peu plus de place dans la famille. Mes morts sont au repos dans ma tête. J'ai fait le vide des images noires, je les ai chassées une à une, jusqu'à l'amnésie. Parfois résonne l'écho de la petite voix qui s'obstine : « Je suis un homme, je suis un homme... ». Je lui coupe la parole : « Tais-toi ! ». Pourtant, même si je m'éloigne du fracas et que je l'enfouis dans des replis insondables, chaque jour je poursuis mon rituel : j'enroule un bandage autour de mon torse, le sachet avec les trois tubes à l'intérieur collé à ma poitrine.

Je ne pars pas. J'attends je ne sais quoi. Arnaud m'a donné des livres de classe de fin de collège, j'essaie de comprendre les programmes. Je ne suis pas au niveau, à part en anglais et en français. Dès qu'elle rentre du lycée, je rejoins Eden dans sa chambre et

---

1. *Snowman*, Greg Kurtin, Sia – album « Everyday is Christmas », Holiday, 2018.

je dévore le contenu de ses cahiers pendant qu'elle fait ses devoirs.

Pas une fois elle ne me demande si j'aimerais aller en cours, pas une fois je ne lui confie à quel point ça me manque. Et aussi courir en jogging dans un gymnase, manger des légumes insipides à la cantine... me mêler à une foule d'adolescents aux rires bruyants. Eden devine et c'est ce que j'aime chez elle. On se passe de mots pour se dire l'essentiel.

Elle porte des jeans serrés, des bracelets en tissu de toutes les couleurs et des tee-shirts moulants qui dessinent son buste qu'aucune lingerie ne contraint.

— Ça te choque ? me demande-t-elle.

— Quoi ?

— La poitrine des filles comme celle des garçons, sans soutien-gorge.

— Je ne suis pas habitué. Dans mon pays, tout est caché.

— C'est Laetitia, ma copine, qui m'a fait réaliser que la forme des seins des femmes ne devrait pas être plus taboue que la forme de leurs genoux, et qu'on n'avait pas de raison sensée de vouloir les cacher.

— C'est vrai.

— Ça te choque ?

— Quoi ?

— Que j'ai une copine ?

— Heu... non, pourquoi je serais choqué que tu sois amie avec une fille ?

— Non mais là, copine, ça ne veut pas dire amie, m'explique Eden, c'est mon amoureuse, tu comprends ?

— Ah d'accord...

— Alors ?

— Quoi ?

— Ça te choque que j'aime une fille ?

— Non, c'est bien d'être amoureuse, c'est beau.

— Tu sais quoi, Miran ?

— Non ?

— Je t'adore !

Aux côtés d'Eden, il me semble que tout se réunit et se lie, que le monde nous appartient.

Quand nous partons tous les deux à pied, le long des chemins derrière la maison, nos écharpes enroulées autour du cou, nos bonnets sur nos têtes, nous marchons des kilomètres en bravant les vents contraires. Eden m'apprend des « gros mots », comme elle dit, parce qu'elle trouve que je m'exprime trop parfaitement dans sa langue. « Tu parles comme un livre ! s'exclame-t-elle. Ça me donne des complexes ! » On discute de choses sans importance et j'aime quand nos rires fusent avec la buée de nos bouches. Elle me raconte des anecdotes de son lycée :

— La porte des toilettes est restée bloquée pendant deux heures avec un garçon de première enfermé à l'intérieur.

— Le pauvre !

— Ne le plains pas, c'est un gros lourd ! Ses potes et lui passent leur vie à faire des gestes douteux quand ils me croisent avec ma copine.

— Il a réussi à sortir des toilettes ?

— Il est passé sous la porte, ce porc ! Il avait la place, elle ne touche pas le sol. Par contre, il a essuyé le carrelage plein d'urine, de papier toilette et d'autre chose avec sa parka. Je te laisse imaginer !

Je prends un air écœuré.

— Depuis, tout le monde l'appelle pipi-room.

— C'est très méchant !

— Très. Mais ça lui passera peut-être l'envie de me demander : « Comment tu sais que tu préfères les filles si t'as jamais couché avec un garçon ? Avec moi c'est quand tu veux, je te ferai grimper au paradis, Eden ! ».

— Il t'a dit ça ?

— Mmmm... Laetitia et moi, on s'embrasse, c'est tout. On ne veut pas aller plus loin pour le moment. Ce pauvre con me dégoûte !

— Moi aussi. J'espère qu'il se fera encore appeler pipi-room pendant au moins deux semaines !

Elle rit.

— T'es vraiment trop gentil, toi !

Elle me dresse le portrait des élèves de sa classe, me décrit leurs manières de parler, leurs vêtements, leurs qualités et leurs défauts. Elle les dépeint avec une telle précision que j'ai l'impression de les connaître. Je suis leurs aventures avidement, comme je le ferais des épisodes d'une série. Elle me raconte les délires des uns, les amours des autres, les brouilles et les réconciliations. Sans oublier ses propres gaffes. Par exemple lorsqu'elle s'est étalée par terre en maths à force de se balancer sur sa chaise, ou qu'elle s'est collé son chewing-gum derrière l'oreille quand la prof d'anglais, tatillonne sur le règlement, l'a interrogée par surprise.

Dans sa bouche, tout prend formes et mouvements, tout devient palpable. J'en viens à m'imaginer rencontrant un jour ces gens qui me font rêver et partageant mon quotidien avec eux. Même si je sais que c'est un conte de fées, je ne peux pas m'en empêcher.

35

La vétérinaire nous ramène le chien un samedi matin. Il n'y a plus aucune menace dans ses yeux. Dès qu'il m'aperçoit, il boitille vers moi et se colle à mes jambes. Je me penche sur lui, l'enlace et enfouis mon visage dans son cou. L'émotion me submerge, c'est très fort, une vague de chaleur qui part du ventre et remonte jusqu'aux joues. Il a le poil à la fois rêche et doux.

— Comment on va l'appeler ? s'exclame Eden.

— Alkalb, je réponds en me redressant.

— Qu'est-ce que ça veut dire ?

— Le chien.

Alkab remue la queue, son nom lui plaît.

Il est vieux, sa patte cassée restera toujours un peu raide et le poil sur le haut de son dos ne repoussera pas. Il a été maltraité et frappé, sans doute avec une chaîne, tellement fort que sa chair a été entamée jusqu'à l'os. Maureen l'a réparé, j'espère qu'il n'est pas trop cassé à l'intérieur. Il n'aboie pas, il grogne vaguement, couine ou se tait. Quand il me regarde, ses yeux me disent : « On reste ensemble, hein ? Tu ne me laisseras pas ? ». La nuit, il dort au pied de mon lit et pousse parfois des gémissements plaintifs qui me fendent le cœur. Entend-il hurler la voix de son ancien maître dans ses cauchemars ? Je le caresse doucement derrière les oreilles et il s'apaise. Lui et moi, on se ressemble.

En semaine, quand je me lasse de mes livres et de mes cahiers, je file retrouver Sarah dans sa cabane. J'aime bien la regarder travailler, elle peint par petites touches, caresse la toile ou le papier, leur donne à boire ses couleurs. En ce moment, elle dessine des ciels de pastel bleu, des montagnes vert céladon et des regards mélancoliques de haute mer. Elle m'enseigne le fusain et l'estompe, la sanguine et la craie.

Je me rappelle l'aquarelle. Sans convoquer celle qui m'a appris, sans bouleverser ma mémoire, mes doigts se souviennent des gestes. Lorsque j'entre dans l'atelier et que je respire son odeur familière, je n'ai plus le cœur serré.

J'ai travaillé toute la matinée sur le programme de maths de quatrième et je commence à me familiariser avec les équations à une inconnue. Vautré sur le lit, le chien bâille et s'étire. J'enfile un pull.

— Viens, Alkalb, on va voir Sarah !

Lorsque j'entre dans la cabane, elle me sourit sans lever les yeux de son travail. Je m'installe à la petite table, ajoutée pour moi à côté de la sienne. Le chien s'étend devant le poêle et je caresse le fagot de pinceaux que Sarah m'a donné. J'en choisis un, le trempe dans l'eau de mon gobelet puis dans un godet d'aquarelle, et je frôle le papier. Je trace sans avoir crayonné auparavant, parce que chaque contour, chaque ligne, chaque mouvement, chaque son, chaque couleur est dans ma tête.

Je peins les petites notes liquides et grêles qui s'échappent de la flûte d'un musicien assis sur un trottoir, et les deux amis qui se rencontrent un peu plus loin et s'inclinent en souriant, une main sur le cœur. Leurs dents sont blanches, leurs yeux noirs et les fleurs du bougainvillier derrière eux aussi empourprées que les joues d'une fiancée. Je peins les pétales un à un, sans oublier de déposer dessus la lumière, l'incroyable lumière de mon pays. Il me revient en bouffées parfumées et sonores, tel qu'il était quand j'avais cinq ans, ou huit, ou dix. Avec le fouillis des voitures dans les avenues et les hautes tours d'acier et de verre du quartier moderne qui se dressaient comme des becs d'espadon devant le formidable empilement des maisons centenaires et les minarets verts de ma ville.

Je peins les innombrables hirondelles, rasant la terre entre les troupeaux de moutons. À côté des bêtes, la bergère est un petit tas de laine encapuchonné, accroupi dans la plaine de fleurs blanches.

Je peins les bus vert pomme chargés d'écoliers en uniforme. Pulls rose bonbon pour les filles, bleu roi pour les garçons. Je m'attarde sur chaque maille de leurs vêtements, je donne vie aux enfants.

Je peins le thé fumant dans les minuscules tasses sans anse et les volutes translucides au parfum d'anis, de rose et de bergamote.

Je peins la tour brune d'une mosquée coiffée d'un nid de cigognes, les petits cafés débordant de clients jusque dans la rue, la femme qui étend du linge sur la terrasse gondolée, ravinée par les pluies et le soleil, et les montagnes, au loin, qui dessinent des dentelles d'un bleu cru.

Je peins une flopée d'adolescents dévalant une rue, vêtus de tee-shirts aussi bariolés que la queue du coq qui les regarde passer, perché sur le toit d'une fourgonnette.

Je peins le ciel jaune vert très pâle des journées de novembre. Celui d'or rose des soirées d'avril. L'insaisissable vapeur blanchâtre de l'hiver, les milliers de bleus irisés de l'été.

Je peins une jeune fille assise sur le bord aigu d'un mur. Ses yeux sont plongés dans l'ombre de sa frange, de longues tresses soyeuses pendent de chaque côté de ses épaules et sa bouche esquisse un sourire.

— Elle te ressemble, murmure Sarah.

Je trempe mon pinceau dans l'eau et je dilue la jeune fille.

36

C'est un dimanche soir comme chaque dimanche soir. Plateau repas, tous les quatre pelotonnés sur le canapé devant un film, Alkalb étalé sur le tapis à nos pieds. Entre deux ronflements, il engloutira nos miettes d'une langue vorace.

Arnaud ferme les volets et Sarah pose sur la table basse une pizza dégoulinante de fromage fondu et des petits pots de mousse au chocolat.

— Hou là là, ce n'est pas très diététique, tout ça ! dit-elle d'un ton faussement coupable.

— Oui, mais c'est trop bon ! s'exclame Eden en piochant une part.

Arnaud s'assoit sur le canapé, mais il n'allume pas la télévision. Il me regarde, sourit, s'apprête à parler, hésite, comme s'il ne savait pas par où commencer

— Voilà Miran, dit-il, nous avons une proposition à te faire.

Une petite boule se forme dans mon ventre. Arnaud toussote.

— Tu continues ? le presse Eden.

— Hum, oui, pardon ! Nous nous sommes renseignés, Sarah, Eden et moi, et nous aimerions beaucoup participer à un programme qui s'appelle Famille Solidaire.

La petite boule grossit, se répand lentement dans mon corps.

— Il s'agit d'accueillir à la maison un jeune étranger mineur non accompagné pour au moins un an et...

Je le dévisage, les yeux écarquillés.

— Papa ! s'impatiente Eden. À ce rythme, dans deux heures on y sera encore !

Elle se tourne vers moi.

— Ce que mon père essaie de te dire, c'est que tu pourrais rester officiellement à la maison, légalement quoi ! Et pas qu'un an, évidemment. L'objectif c'est que tu fasses partie de la famille, ce qui est déjà le cas, que tu retournes en cours, que tu vives ta vie sans stresser, en habitant avec nous... si tu ne nous trouves pas trop insupportables, bien sûr !

Elle tend son morceau de pizza au chien qui n'en fait qu'une bouchée, et poursuit :

— On sera suivis tous les deux mois par une assistante sociale et un conseiller pédagogique pour pas que les parents se relâchent dans ton éducation et que j'évite de surpolluer ton vocabulaire parfait avec mon langage d'ado dégénérée.

La boule remonte dans ma poitrine, envahit ma gorge.

— Si tu es d'accord, on t'accompagnera aussi longtemps que tu en auras besoin, continue Sarah. Dans les bons comme dans les mauvais moments.

Sa voix vacille.

— Toute la vie si tu veux.

— On serait vraiment heureux que tu acceptes, ajoute Arnaud.

Eden plonge ses yeux dans les miens.

— Parce qu'on t'aime, souffle-t-elle, la voix rauque. On est bien avec toi et on ne veut plus que tu sois seul.

— Ce qu'on souhaiterait, Miran, c'est que tu te sentes avec nous, murmure Sarah.

Je suis incapable de prononcer un mot, les larmes m'aveuglent et coulent sur mes joues. Je pleure en silence et eux m'entourent de leurs bras, caressent mon front et mes cheveux, embrassent mes yeux mouillés.

Moi aussi je les aime mais je ne parviens pas à le leur dire. Il y a tellement d'amour en moi, pourtant. Je le sens là, prêt à jaillir, mais il ne sort pas. Je n'ai plus de coquille, plus de carapace, plus d'écailles, plus de poils hérissés. Je me dépouille des dernières griffes et des derniers crocs, je ne suis plus qu'une toute petite chose nue avec un ouragan dans la tête. Il y a quelque part au creux de moi un poids qui m'empêche de respirer, qui retient ma parole et rend tout geste impossible. Je n'ai rien confié à Arnaud, Eden et Sarah, ils ignorent qui je suis et d'où je viens, ils m'offrent tout et je ne leur donne rien. Je voudrais laisser la douceur m'envahir et les mots sortir, je voudrais me libérer, je suis perdu et prisonnier. J'attends que mes morts interviennent, me dictent quoi faire, m'autorisent ou m'interdisent, me disent ! Je les invoque de toutes mes forces, les supplie de m'aider, mais ils se taisent. Leur silence est abyssal. À leur place, c'est Arnaud qui parle :

— C'est normal que tu sois bouleversé, Miran. Rien ne presse, prends le temps de réfléchir. C'est ta vie, elle t'appartient, comme ton choix de rester ici ou pas. Nous le respecterons quel qu'il soit.

Il efface une larme sur ma joue.

— Je voulais te dire... demain je ne travaille pas, mes élèves seront en sortie scolaire, si tu veux, nous pourrions aller à Paris tous les deux.

37

Arnaud conduit silencieusement. Le paysage défile derrière la glissière de sécurité. Aucune silhouette de marcheur, seulement des talus et des buissons. C'est étrange de rouler sur l'autoroute, d'être passé de l'autre côté. Plus que trente-trois kilomètres, vingt, douze... La circulation est dense, nous ralentissons.

— C'est toujours bouché sur le périphérique, soupire Arnaud.

Je colle mon nez à la vitre, j'aimerais ressentir quelque chose de fort, une allégresse, un minimum d'excitation. J'ai tellement rêvé d'atteindre cette ville, je l'ai tellement espéré ! Au lieu de trépigner d'impatience en me trémoussant sur mon siège, je ronge mes ongles. Un à un, doigt après doigt, ils y passent tous. Je le fais machinalement, comme si c'était une habitude, alors que je ne me suis jamais rongé les ongles.

Sous un pont, j'aperçois un campement. Des baraques en tôle construites dans la boue et recouvertes de bâches, des cuisinières à gaz sous des auvents déglingués, des jerricans posés sur les planches pourries qui remplacent la chaussée. Un tricycle jaune auquel il manque une pédale... une montagne de pneus et de ferraille.

Arnaud observe le bidonville lui aussi et son regard s'attriste.

Je pense aux gens qui se terrent dans ces taudis, intoxiqués par les vapeurs d'essence, avec dans les oreilles le ronflement incessant des moteurs. Ils ont des enfants, de petits enfants qui font du vélo jaune en regardant défiler devant eux des milliers de pots d'échappement. Ici aussi, c'est une guerre. Là encore, c'est la misère.

Je ne comprends pas la marche du monde. Au début, tout était censé tourner dans le bon sens. Avec le soleil, l'eau dans les mers, la naissance de la vie sur Terre, c'était plutôt bien parti. L'homme a même eu la bonne fortune d'exister après les tyrannosaures et les smilodons qui n'en auraient fait qu'une bouchée, il avait toutes les chances de son côté... Je ne sais pas à partir de quelle époque tout s'est détraqué. J'aimerais comprendre pourquoi les puissants qui nous gouvernent, ceux qui tiennent nos destins entre leurs mains, préfèrent financer la mort plutôt que de miser sur la vie.

On entre dans Paris et soudain, j'ai des fourmis dans les mains. Dans la tête aussi. De petites fourmis chatouilleuses qui se transforment en confettis.

— Où veux-tu aller, Miran ? Il y a un endroit en particulier, quelque chose que tu aimerais voir ?

— La tour Eiffel !

Je lâche « la tour Eiffel » en souriant, la voix chargée d'excitation.

Arnaud me jette un œil mi-amusé, mi-surpris.

— Très bien, c'est parti !

Je ne vois rien de la ville, ni les façades, ni les monuments, ni les places, ni les avenues, ni les gens, ni les terrasses, ni les vitrines. Je suis dans un flou absolu, un nuage opaque, une apnée. L'émotion a remplacé l'excitation. Arnaud se gare dans une petite rue qu'il connaît.

— On est tout près, dit-il.

Je sors de la voiture, mes jambes se dérobent, je respire fort et tout mon corps tremble. Je lève les yeux et de nouveau je vois. Je ne peux plus détacher mon regard de la flèche qui pointe derrière les immeubles. Plus on s'en rapproche, plus mon cœur cogne. Ma main attrape celle d'Arnaud et mon pas s'accélère, mes jambes s'élancent, mon corps fend l'air, je me précipite vers elle à perdre haleine, comme si ma vie en dépendait. La gorge sèche, le souffle court, je reste bouche bée quand enfin je la découvre tout entière. Elle est tellement immense, tellement libre ! Tellement féminine ! J'aime tout d'elle, sa couleur, sa forme, son ombre, l'azur au-dessus d'elle, à travers elle, qui la rend encore plus belle, et cet équilibre audacieux qui lui permet de s'élancer absolument confiante et sereine vers le ciel. J'aime mon regard sur elle qui est le même, j'en suis sûr, que le regard de mon père quand il l'a vue pour la première fois.

Je suis venu, je suis arrivé ! Je suis là, à tes pieds ! J'ai pensé à toi dans le désert, en grimpant le long des chemins de pierre, en crevant de chaud au fond d'une benne, en buvant de l'eau croupie. J'ai pensé à toi quand pleuvaient les coups et la colère du ciel, quand je ne respirais plus, que le soleil me brûlait jusqu'aux os et que mes jambes refusaient d'avancer. Même perdu dans la mer, j'ai pensé à toi, même quand j'ai fui l'homme que j'ai frappé, même étendu dans mon cercueil au couvercle de cuir, même le long des lignes blanches, même quand j'étais transpercé par le vent, la faim et l'effroi. Durant toutes ces heures, toutes ces semaines, tous ces mois, j'ai pensé à toi. Tu étais mon là-bas.

C'est comme si les bras d'Arnaud autour de mes épaules se multipliaient, comme si les corps de mes aimés me pressaient contre eux. Je sens la poitrine puissante de mon père, les lèvres fraîches de ma mère, les mains nerveuses de Tarek, les épaules solides de Fares, le bon visage de mon vieux. Ils me prennent dans leurs bras, mes morts adorés, pour mieux se blottir dans les miens. Je voudrais que plus jamais nous ne soyons séparés, que nous restions là, au pied de la tour scintillante, pour toujours enlacés devant notre rêve réalisé.

Il est tard, nous n'avons ni mangé, ni bu, ni marché, Arnaud s'est assis avec moi dans l'herbe humide et nous avons attendu jusqu'au soir que la tour s'illumine.

— Si tu veux dormir là, j'ai apporté des sacs de couchage en duvet d'oie, me propose-t-il. Avec les filles, on les utilise quand on fait des treks en montagne, nous n'aurons pas froid. Qu'est-ce que tu en dis ? On va les chercher ?

Je tourne mon visage vers lui et je lui réponds :

— Si on rentrait à la maison ?

Nous sommes aussi silencieux au retour qu'à l'aller. Mais c'est un silence heureux. La voiture ronronne, il fait chaud dans l'habitacle, je m'endors.

Je me réveille quelques kilomètres avant l'arrivée. Tout est blanc dans la nuit. Blanc éclatant.

— Il neige... je murmure.

Emmitouflée dans sa couette, son bonnet bleu sur sa tête et les mains dans des moufles rouges, Eden est assise sur une chaise de jardin devant la porte d'entrée. Quand elle nous voit passer le portail, elle se lève, toute droite et multicolore.

— C'est toi, Snowman ! je lui lance, en sortant de la voiture. Tu vas mourir de froid, qu'est-ce que tu fais là ?

— Je t'attendais, me répond-elle.

38

Je ne trouve pas le sommeil, à vrai dire je ne le cherche pas. J'allume ma lampe et sors de mon lit. Alkalb me regarde avec ses bons yeux roux, se lève et me suit. Seul résonne le cliquetis de ses griffes sur le parquet. Nous sortons de la maison et nous traversons le jardin. Dans la cabane, j'allume le petit poêle et retourne à l'extérieur pour remplir mon gobelet de neige. Puis je dépose sur ma table une large feuille blanche, tellement épaisse que je peux y enfoncer la pulpe de mes doigts. Je la lisse des deux paumes, longuement, effleurant chaque grain du papier, l'imprégnant du parfum de mes mains. Le poêle a déjà réchauffé l'atelier, le chien s'est assis devant la baie embuée, la neige dans le gobelet a fondu. C'est à présent une eau claire, infiniment pure.

Je m'assois sur ma chaise et caresse le plumeau des pinceaux. Ce n'est pas l'un d'eux que je choisis mais une plume, glissée entre deux pages d'un carnet vierge. Une plume d'aile, effilée. La plume d'hirondelle tombée à mes pieds et cueillie sur le sentier, il y a plus de deux mois, lors du grand envol migrateur. Elle est noire et soyeuse, striée d'une larme blanche. Je la fais tourner entre mes doigts puis lui donne à boire de l'eau de neige, en la trempant cinq fois dans le gobelet. Cinq longues gouttes qu'elle aspire. Cinq. Une pour chacun.

Ensuite, j'écris. Une lettre après l'autre, de droite à gauche. Je trace les caractères d'eau claire. Une ligne, une boucle... Sans hâte, je dépose les points, rattrape au vol l'échancrure d'une courbe, l'enveloppe d'un cil mouillé, enlace les signes en arabesques. Un mot devant l'autre, j'écris. Et chaque mot, je le dis, le chuchote, le roule en bouche comme un noyau de datte :

— Ta voix, papa, ta voix de roche fraîche, de miel et de lilas. Les légendes qu'elle raconte, ses poèmes, ses rivières infinies, sa source de vie. Je garde ton écho.

عسل من ، الطازج الصخري صوتك ، أبي يا ، صوتك
التي أنهارها ، قصائدها ، ترويها التي الأساطير .وليلك
صوتك صدى أحافظ على .حياتها مصدر ، لها لانهاية

— Tes yeux, maman, et mon reflet en eux. Tes lèvres posées sur mes cheveux, ton souffle parfumé, tes bras comme deux ailes de soie. Je garde ta douceur.

على مستلقية شفتيك .فيهم وانعكاسي امي يا عيناك
من جناحين مثل ذراعيك ، المعطرة أنفاسك ، شعري
حلاوتك على أحافظ .الحرير

— Ton feu, Tarek, ses étincelles, son élan, ses flammes rebelles, son brasier triomphant. Je garde ta fougue.

.الثائر المنتصر لهيبها زخمها، شراراتها، طارق، يا نارك
حماسك على أحافظ

— Ton rire, Fares, sa cascade de grelots, sa lumière, son soleil, son chant radieux. Je garde ton éclat.

أغنيتها شمسها، نورها إجراسها، فارس، يا ضحكتك
إشراقك على أحافظ .الجميلة

— Ta sagesse, le vieux, ton langage silencieux qui m'a enseigné le courage d'exister. Je garde ta paix.

علمتني التي الصامتة لغتك العجوز، الرجل أيها حكمتك
سلامك على أحافظ الوجود، شجاعة

J'écris, je trace. Et tout ce que j'écris, tout ce que je trace, l'eau l'efface. Ne subsiste que l'empreinte de la plume. Blanche sur feuille blanche. L'écriture fossile à déchiffrer, les yeux fermés, en suivant les signes du doigt dans le secret du papier.

J'écris, je trace. À l'encre invisible. Chuchotis de plume d'hirondelle et lavis de neige. Je grave le souvenir de mes morts et leur accorde le droit de partir, de franchir la porte entrouverte, d'y glisser leurs brumes et de disparaître.

Je roule le papier. Manuscrit de mots évaporés, rouleau de mémoire incrustée. Ne rien oublier. M'autoriser à vivre.

39

Au réveil, un filet rouge sur le drap. Une douleur ténue qui part du creux de l'aine et s'enroule autour du bassin.

Mes lèvres tremblent, mes mains tremblent, mes jambes tremblent, et mes yeux s'écarquillent.

Je me glisse dans la salle de bains, referme la porte de la douche sur moi. Je me lave longtemps. L'eau tourbillonne dans le bac autour de la bonde, tourbillonne mêlée de sang. Dans ma gorge, une boule monte et descend. Remonte et redescend. Pourtant, je n'ai pas de pomme d'Adam. Ventre en feu à la vue de l'eau trouble, flots aux yeux devant le sang troublant. Je sors de la cabine, une serviette pressée entre mes cuisses. Mon regard coulisse jusqu'au miroir où se reflète ma silhouette embuée.

J'ai eu onze ans, puis douze, puis treize, puis quatorze... Il y avait tout ce sang déversé dans la ville, en giclées, en mares, en torrents. Mais de moi il n'a jamais coulé. Parce que trop de carences et de violences. Aucun cycle, aucun flux périodique, les jours duraient des mois et les années des siècles, mon corps comme le monde s'est déréglé. La guerre m'a privée de mon sang, mon voyage de mon identité. Une femme, une fille seule sur la route des migrances, on la touche, on la prend, on la tue. Je suis devenue un homme sans sortir de l'enfance.

Du bout des doigts, j'efface la buée et presse ma joue contre le miroir. Coin de l'œil rivé sur mon œil qui me fixe dans la glace, je fais mes adieux à celui que j'ai été.

Puis je recule d'un pas, de deux, de trois, je prends mon élan et je relève la tête. Face à face. Pour la première fois, je regarde mon corps. Je l'observe sans en avoir peur. Je détaille ses lignes, ses vallons, ses dômes, ses courbes, ses clairs et ses obscurs, sa peau lisse, ses poils qui moussent, ses plis et ses pétales, son sang qui goutte, goutte à goutte, comme une rosée du matin.

Je ne suis pas un homme et je ne suis plus seule, maman. Je suis avec moi.

Miran disparaît, je me retrouve et me découvre. Entière. Vraiment moi. J'ai conscience de mes faiblesses, mais je connais ma force, on peut être fragile et puissante, c'est possible. J'ai la sensation de jaillir pour enfin exister.

Aujourd'hui, je nais pour la seconde fois. J'assiste à ma naissance et je me reconnais.

40

Je dépose les trois petits tubes sur la table de la cuisine. Muets, Eden, Arnaud et Sarah les regardent rouler puis s'immobiliser.

— À l'intérieur, il y a des billets, des dollars. C'est pour vous.

— Miran, cet argent t'appartient, dit Sarah, nous n'en avons pas besoin. Nous t'ouvrirons un compte à la banque...

Tous les trois me fixent, inquiets, le regard plein de tendresse. J'aimerais leur raconter une belle histoire, une fable avec une morale légère à la fin, un conte où une héroïne intrépide déjouerait les pièges et vaincrait tous les dangers... j'aimerais.

— Un matin, ma mère m'a rasé les cheveux et elle a plaqué sur ma poitrine un sachet en plastique avec ces tubes à l'intérieur. Ensuite, j'ai dû remplir mes poumons d'air et bloquer ma respiration pendant qu'elle enroulait du Scotch autour de mon torse. J'ai cru mourir étouffée, j'ai pensé aux alligators...

J'ignore pourquoi, je revois l'Américain, avec ses yeux bleus et ses sourcils blonds.

— Un jour, un soldat m'a dit que les alligators du Mississipi pouvaient rester deux heures en apnée, immergés dans le fleuve.

Il ressemblait à un acteur...

— Ma mère, je ne la reverrai jamais. Elle m'a obligée à fuir parce qu'on voulait la tuer et qu'elle le savait. Je suis montée dans un 4x4 avec des hommes. Il y avait aussi un vieux et une fille qui serrait un sac bleu. Ce vieux m'a sauvé la vie. Je ne le reverrai pas non plus.

Les mots ruissellent de ma bouche. Ils escaladent les ruines, basculent dans les trous, gravissent les montagnes, suffoquent dans le désert, dessèchent mes lèvres et me donnent la nausée. Ils martèlent la mélopée impitoyable qui a rythmé mes pas, racontent la rouille dans la gorge et la trouille qui lape, qui mord et fouille les tripes. Les mots se déversent mais ne me noient pas, même quand l'horreur se déchaîne et que les miens disparaissent. Ils sont violents, impitoyables et meurtriers, ils crachent leur lave, éclaboussent tout de sang, brisent ma voix et remplissent d'eau les yeux d'Eden et de ses parents. Mais quand je dis « ils ont ramené la tête de mon père dans un torchon », ce ne sont pas les mots qui sont brutaux, c'est la réalité qui est cruelle. Et cette réalité, celle-là même qui m'a ensevelie, continue à détruire mes semblables.

À cet instant, tandis que je parle, des hommes tyrannisent, pillent, violent, massacrent, torturent, coupent des têtes, transpercent des corps, tandis que d'autres hommes fabriquent et vendent les armes qui sont entre leurs mains. Tout ce que je peux faire, du haut de mes quinze ans, c'est témoigner. Alors je continue, je vais jusqu'au bout, j'évacue, je dégage, j'expulse. Cette histoire m'a découpée en morceaux, m'a plongée la tête sous l'eau, m'a engloutie, m'a affamée et assoiffée, mais elle est mienne, elle fait partie de moi. Je la raconte sans pudeur et sans excès. Oui, elle fait mal, oui elle dévaste, mais elle ne me tue pas.

— J'ai rampé, je me suis traînée à quatre pattes, j'ai bu dans une flaque comme un animal, mais à présent j'avance le dos droit. Je peux cheminer sans faire marche arrière et mon existence sera belle, je le sais, je n'en doute pas. Parce que nous nous sommes trouvés et que vous me protégez, parce que moi aussi, je vous aime.

Ils sont tous les trois devant moi, le visage baigné de larmes, le sourire aussi splendide qu'un arc-en-ciel sous l'averse.

— Fille de Rami et Soulef, sœur de Tarek et Fares, je m'appelle Amal. Maintenant, vous savez d'où je viens et vous savez qui je suis.

— Amal... murmure Eden.

Mes yeux dans les siens.

— Amal, je lui souffle, ça signifie « espoir ».

Précisions de l'autrice

La langue arabe

Les mots en arabe dans le texte sont écrits en arabe classique, avec les signes arabes ou avec l'alphabet latin. Cela se conçoit pour les mots tracés/gravés par Miran ou pour les noms qui ont une signification – comme par exemple « Oummou Alaqadar » qui signifie « mère du destin ».

En ce qui concerne les mots que prononce le narrateur à l'oral, j'ai également choisi d'utiliser l'arabe classique en alphabet latin. Il aurait été plus juste de lui faire parler l'arabe dialectal de son pays. Car l'arabe classique est celui du Coran, de l'école et des livres, il est essentiellement littéraire. L'arabe dialectal est celui de la vie, celui que l'on parle : la langue maternelle, différente d'un pays à l'autre du monde arabe. L'arabe marocain n'est pas l'arabe syrien qui n'est pas l'arabe afghan ou égyptien...

Je n'ai pas souhaité identifier le pays d'origine de Miran. C'est un pays, où l'on parle arabe, qui fut beau et chatoyant, un pays aujourd'hui en guerre, soumis à un régime totalitaire, malmené par des organisations terroristes et divers groupes rebelles, et, de ce fait, plongé dans la violence. Il n'est pas un mais multiple et s'inspire de plusieurs territoires du monde arabe, de plusieurs régimes politiques et organisations aux idéologies radicales, d'époques et de peuples différents... Ce pays fictif existe dans sa multiplicité – qui forme ici une unité – mais n'existe pas en tant qu'état. Voilà pourquoi la langue dans laquelle s'exprime Miran ne peut être singulière, mais « universelle ».

Je remercie Youssouf Amine Elalamy – professeur à l'université de Kenitra et auteur de nombreux romans en français, anglais et arabe marocain – pour ses traductions en arabe littéraire des phrases d'*A(ni)mal* que je lui ai envoyées. Ses explications, précises et patientes, m'ont été infiniment précieuses pour comprendre les nuances des différentes langues arabes.

Les contes

Les contes sont un trésor immémorial de l'humanité, celui des mythes, des légendes, des proverbes et des devinettes, transmis de la bouche à l'oreille depuis la nuit des temps. Qu'ils soient anciens ou récents, ils sont généreux, porteurs d'une mémoire, d'une morale, d'une spiritualité et d'une philosophie.

Ils nous proposent un système de compréhension et d'explication du monde, nous ouvrent de nouvelles portes pour y pénétrer.

Les contes sont avant tout littérature orale et source de partage, le monde est rempli de contes qui attendent des oreilles et d'oreilles qui attendent des contes.

Lorsque nous partageons un conte, même si nous sommes nombreux.ses à l'écouter, celui ou celle qui le raconte ne s'adresse pas à dix, cinquante ou cent personnes, mais à l'oreille et à l'âme de chacune. C'est une parole intime où chaque individu reçoit ce qui le préoccupe, à travers le prisme de ses propres expériences et de ses quêtes personnelles.

Dans *A(ni)mal*, les contes sont des baumes, des prophéties, des récits initiatiques, ou encore l'écho d'une émotion et d'une mémoire enfouies. Ils consolent le personnage de Miran, l'apaisent, l'incitent à réfléchir et à s'interroger, l'aident à avancer, à se trouver ou à se retrouver. C'est aussi ce qu'ils proposent aux lecteurs et aux lectrices du roman, avec bienveillance et humilité.

Merci à Amélie Léveillé, directrice des éditions de L'Élan vert, de m'avoir permis d'utiliser dans ce roman deux de mes contes préalablement publiés dans sa maison d'édition, en 2019, dans un album intitulé : *Mes tableaux à histoires – Les saisons*. Il s'agit du conte de Zahid et Oummou Alaqadar, paru sous le titre *Ever le rêveur* que j'ai adapté pour *A(ni)mal* ; et du conte *L'arbre sans racines*, paru sous ce titre et quasiment identique dans l'album et le roman.

Remerciements

Merci à : Aaron, Abood, Adeeb, Adel, Afra, Alaa, Alain, Alexandra, Alexandre, Ali, Alice, Amani, Amer, Anas, Anna, Ashraf, Asli, Arthur, Aurélien, Ayyam, Bassam, Bassma, Baptiste, Bernard, Bertrand, Blandine, Carole, Catherine, Chadia, Chiara, Christiane, Christine, Delil, Delphine, Danial, Dima, Émilie, Éric, Erik, Fabien, Fadwa, Fares, Fazil, Frédéric, Ghaith, Ghalia, Gohar, Guillaume, Hala, Hamza, Hind, Hudea, Jean-Philippe, Jérôme, Jilani, Kacem, Kanté, Kery, Krysia, Laetitia, Lucie, Mahamadou, Manal, Mohamad, Mohammed, Mohannad, Mohja, Mokhles, Muzaffar, Myriam, Nadia, Nahed, Nathan, Ninar, Nour, Okal, Omar, Osman, Paulo, Pierre, Raeda, Rania, Razan, Rose, Saba, Samar, Sameer, Sara, Shadi, Souheïr, Souleymane, Sulef, Sylvain, Tanya, Umm Mohammed, Victor, Vincent, Walid, Youssouf, Yousri, Zakaria et Zoya.

Merci à mon bêta-lecteur : Tom (@book_by_tom_ sur Instagram)

Merci à mes éditrices : Manon Sautreau et Marion Balalud.

BO du roman :

Merci aux musiques de Goran Bregović et Eleni Karaïndrou pour la première partie ; à celles de Carlos d'Alessio, Frédéric Chopin, Yann Tiersen, Antonello Tosto et Camille Saint-Saëns pour la seconde partie ; et à celles de Guillaume Poncelet et Erik Satie pour la troisième partie.

Toutes ces personnes ont permis l'existence de ce livre et m'ont aidée à faire jaillir les mots lorsqu'ils s'épuisaient, à les clarifier lorsqu'ils s'embrouillaient. Immense gratitude à elles.

Pensée particulière pour Françoise, fée sur un Caillou, à qui je souhaite de la douceur. Beaucoup de douceur et de paix.

DÉCOUVREZ LES AUTRES PUBLICATIONS
100 % ÉMOTION DE SLALOM

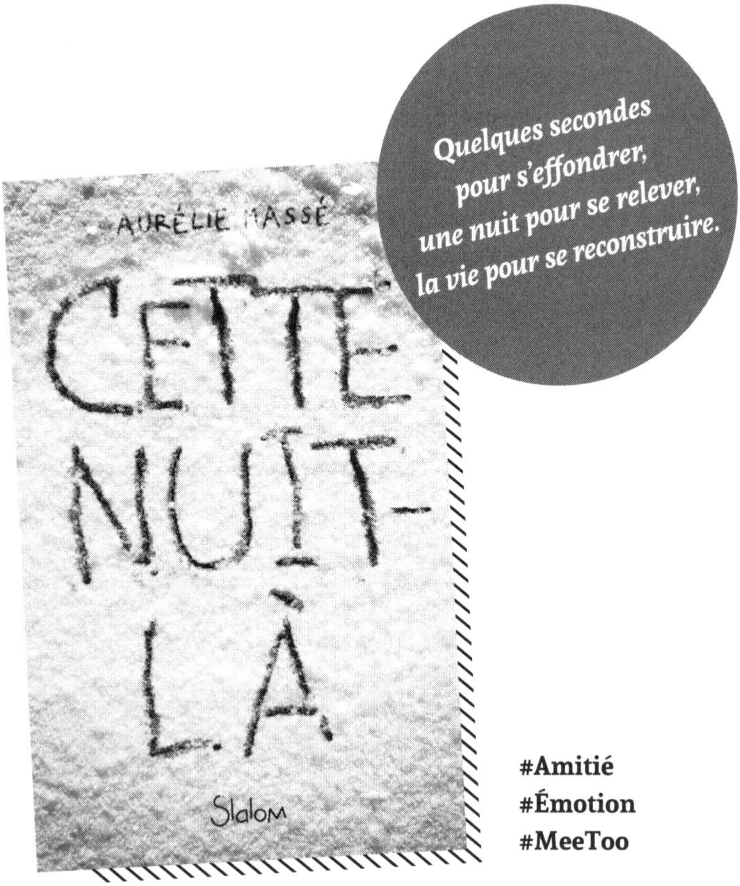

#Amitié
#Émotion
#MeeToo

C'est l'histoire de Gabriel, l'insoumis pétillant, Agathe, la fêtarde insouciante, Alex, l'élève parfait, Sarah, la discrète mal dans sa peau. C'est aussi et surtout l'histoire d'Eden, dont l'aura suffit à combler le mutisme. C'est l'histoire d'un secret, de gestes déplacés qui mènent un jour à l'inconcevable... Durant une nuit, le temps s'arrête et cinq vies basculent.

Un roman engagé et universel.

#QuestionsRaciales
#OwnVoice
#Engagement

1992, Los Angeles s'embrase. Des policiers viennent d'être acquittés alors qu'ils ont passé à tabac Rodney King, un homme noir. Ashley, 17 ans, se pensait jusqu'ici hors d'atteinte. Fille d'une famille aisée, fréquentant un lycée huppé, elle ne s'est jamais sentie victime d'injustices ou de discriminations raciales... Mais à bien y réfléchir...
Une histoire d'amour naissante, des secrets dévoilés et une atmosphère de fin du monde lui ouvrent les yeux : elle, qui a toujours oscillé entre communautés noire et blanche, réalise qu'elle peut trouver sa place, sans avoir a choisir un camp.

L'histoire vibrante d'émotion d'un adolescent en quête d'amour et de reconnaissance.

#Transidentité
#Harcèlement
#Amour

Felix cumule les étiquettes — noir, queer, trans — mais ne se retrouve dans aucune d'elles. Comment avancer dans la vie quand on n'arrive pas même à mettre un nom sur son identité ? Alors qu'il lutte pour s'affirmer, le jeune homme va devoir faire face aux critiques et aux jalousies. Mais dans l'épreuve vont s'affirmer les plus grandes amitiés... et la plus belle des histoires d'amour.

Une correspondance inattendue, une grave maladie, les débuts d'une histoire d'amour sur fond d'humour, d'espoir et de littérature.

#Humour
#Maladie
#Correspondance

Axel vient de trouver une bouteille à la mer. Elle appartient à Charline qui s'ennuie sur son île d'Ouessant. Un échange par mail commence entre les deux adolescents. Le ton léger de leur correspondance prend une autre dimension lorsque la jeune fille apprend qu'elle est atteinte de leucémie. Sa mère est effondrée, son père absent, sa seule bouée de sauvetage : Axel. L'humour est leur meilleure arme face au protocole de chimio, aux médecins parfois maladroits, à la vie ascétique à l'hôpital... Et entre des parents auteurs-illustrateurs totalement immatures et une grand-mère anarchiste qui perd la tête, Axel a de quoi puiser assez d'inspiration pour soutenir Charline !

Un road trip thérapeutique sur fond de musique nostalgique, le récit touchant et enjoué d'une renaissance.

#PremièresFois
#Passion
#RoadTrip

Mara, 17 ans, est un cœur d'artichaut. Elle vit de fantasmes, d'idylles et de coups de foudre à répétition jusqu'au jour où elle rencontre Jeremy. Jeremy, c'est LE bon. La preuve, dès qu'elle le voit, elle a des papillons dans le ventre. Mais quand Mara découvre que Jeremy lui ment, l'amour tourne à l'obsession dévorante. Elle perd pied au point de se faire peur à elle-même. Est-elle une *love addict*, comme sa mère qui vit recluse et sous médicaments chez ses parents ? Mara devra trouver son propre chemin pour se libérer et guérir, aux côtés d'alliées plutôt inattendues...

Un récit poignant qui évoque les heures sombres de la collaboration française à travers une histoire d'amour naissante.

#Histoire
#Fantastique
#Résistance

Nina est persuadée qu'elle va vivre le pire des confinements lorsque son père, médecin, l'envoie vivre chez Arlette, 93 ans. Alors qu'elle fouille dans la cave pour tromper son ennui, la jeune fille découvre dans une malle la photo jaunie d'un garçon... qu'elle a déjà croisé dans l'escalier. Ce portrait replonge Arlette dans un douloureux passé, celui de la guerre, d'un amour interdit et d'une blessure jamais refermée. Nina saura-t-elle dénouer les fils des terribles événements qui se sont écoulés un siècle plus tôt ?